너에게로 추락

Crash for you

추락

너에게로 추락

1판 1쇄 찍음 2015년 2월 12일
1판 1쇄 펴냄 2015년 2월 25일

지은이 | 서혜은
펴낸이 | 고운숙
펴낸곳 | 봄 미디어

기획·편집 | 손수화 정수경

출판등록 | 2014년 08월 25일 (제387-2014-000040호)
주소 | 경기도 부천시 원미구 소향로17, 304(두성프라자) (우)420-864
영업부 | 070-5015-0818 편집부 | 070-5015-0817 팩스 | 032-712-2815
E-mail | bommedia@naver.com
소식창 | http://blog.naver.com/bommedia

값 7,000원

ISBN 979-11-86093-91-7 03810

너에게로

Crash for you

추락

서혜은
중편 소설

contents

프롤로그 ... 7

1부 열아홉, 스물여덟 ... 17
❶ ... 19
❷ ... 45

2부 스물넷, 서른셋 ... 59
❶ ... 61
❷ ... 105
❸ ... 147
❹ ... 181

에필로그 ... 233

작가 후기 ... 255

※ " " 는 한국어, 「 」는 노르웨이어입니다.

프롤로그

건조한 바람이 서늘하게 몰아치다 그치기를 반복하는 흙
마당 한가운데 어린 서혁이 서 있었다.

검은색 니트에 셔츠, 흰 코트를 걸쳐 입은 서혁은 어딘가
에 시선을 던져두고 있었지만, 무언가를 딱히 바라보고 있진
않았다. 이따금씩 부는 바람에 눈이 건조할 때면 감았다 뜨
기를 반복할 뿐이었다.

양부인 호원이 고아원 원장과 이야기를 나누는 동안, 자신
이 할 일은 혹시 모를 침입에 대비해 경계를 서는 것.

열다섯 살의 아이가 감수하기엔 가혹한 일이었으나 서혁
은 내색하지 않았다. 여덟 살 때부터 단련된 일이다. 밥 같지

도 않은 개밥을 먹어 가면서.

멀리서 인기척이 느껴졌다. 보통 사람이라면 느끼지 못할 만큼 미미한 기척에도 서혁의 고개가 돌아갔다.

그곳엔 한 여자아이가 인형을 끌어안은 채 입을 자그맣게 벌리고 서 있었다. 막 잠에서 깬 얼굴이었다.

서혁은 여자아이의 손에 들린 물건을 눈으로 꼼꼼하게 확인한 후 주위를 둘러보았다. 여자아이 말고는 아무도 없었다.

서혁의 고개가 다시 앞으로 돌아갔다. 여자아이라는 사실을 안 후로 경계심이 풀어져 모든 일이 귀찮다는 듯 느릿한 움직임이었다.

자박자박, 자그맣게 이어지는 발소리가 귓가를 간지럽혔다. 남보다 예민하게 반응하도록 감각 수련을 받은 서혁에겐 그 발소리가 꽤 크게 들렸다.

고개를 돌린 서혁은 어느새 자신의 코앞에 선 여자아이를 발견했다. 크고 맑은 눈은 보름달을 닮아 있었다.

서혁은 무심하게 그 눈을 바라보았다. 여자아이가 긴장한 듯 인형의 손을 꽉 잡았다 놓길 반복했다.

"저기요, 혹시……."

아이가 마침내 용기를 내어 말문을 열었다. 서혁은 흔들림 없는 시선으로 여자아이를 바라보았다. 그 시선이 무섭기도 하고, 신기하기도 한 듯 눈을 굴리던 여자아이가 말을 이었다.

"천사예요?"

서혁은 제 귀를 의심했다.

천사. 그처럼 자신과 어울리지 않는 단어가 있던가. 여덟 살 때부터 어디를 찔러야 사람이 빨리 죽는지를 배웠다.

체형, 성격, 능력이 빌어먹게도 특출 나 호원의 눈에 띄어 그에게 입양된 후로, 사람이라고 할 수 없는 인생을 살아온 서혁이었다.

악마라면 모를까, 천사라니. 난생처음 듣는 단어에 서혁이 아무 말도 하지 않자 긍정의 뜻으로 받아들였는지 여자아이의 얼굴에 금세 맑은 미소가 걸렸다.

"천사, 맞구나. 되게 기다렸거든요."

방긋 웃는 여자아이의 얼굴이 환하게 빛났다. 어둑한 밤을 밝힐 만큼.

"천사님, 그러면요. 소원 하나만 들어주세요. 우리 엄마 이름이 김은지거든요."

엄마를 데려와 달라는 구태의연한 소원인가.

서혁은 무심한 눈으로 어린 여자아이를 응시했다. 자신도 그런 소원을 빌어 본 적이 있었다.

입양되어 피가 터지게 얻어맞았던 날, 눈앞에서 사람이 구역질을 하며 쓰러지던 순간, 최선을 다해 엄마와 신을 찾았다. 그러나 그들 중 누구도 자신을 구원하러 오지 않았다.

이 아이 역시 당연하고도 쓰디쓴 진실을 알아챌 날이 오길 바라며 고개를 돌릴 때였다. 가죽 장갑 위에 닿는 손길이 느껴졌다. 고개를 숙이자 여자아이가 자신의 손바닥에 무언가를 놓았다.

"뭐야, 이건."

서혁이 처음으로 여자아이에게 물었다.

얼마나 손에 꽉 쥐고 있었는지 사탕이 봉지에 들러붙어 있었다. 이딴 걸 누가 먹냐며 돌려주려고 할 때였다.

추운 겨울날 유난히 뺨이 볼그스름한 여자아이가 환하게 웃으며 먼저 말했다.

"사탕이에요. 간식 시간에 나오는 거거든요. 안 먹고 참았어요. 3일 참아서 사탕이 세 개예요. 하나는 천사님 거, 나머지는 우리 엄마랑 아빠 거. 하늘에 가서 엄마랑 아빠한테 말해 주세요. 밥 잘 먹고, 잘 놀고 있으니까 울지 말라고요. 아! 그리고 아프지 말라고도 하세요. 주호도 밥 잘 먹고 잘 있어요. 또……."

여자아이는 이참에 할 말을 다 해야겠다고 생각했는지 한참이나 눈을 데굴데굴 굴렸다.

서혁은 사탕을 쥔 채 아무 말도 하지 못했다. 울면서 자신을 하늘에 데려다 달라는 둥, 엄마를 데려와 달라는 시답잖은 소원을 말할 줄 알았다. 그런데 단지 안부 전달이었다. 사탕이라는 뇌물을 쥐여 주면서.

여자아이의 달처럼 맑은 눈에 눈물이 서서히 고여 갔다. 눈물이 밀려나올수록 여자아이의 웃음이 점차 더 환해졌다. 울음을 참으려는 듯.

"꿈에 놀러 오라고 해 주세요. 요즘은 보고 싶거든요. 헤헤."

웃고 있는 여자아이의 뺨 위로 차가운 바람이 스쳤다. 서혁의 눈이 가늘어졌다. 마음이 철렁하고 내려앉았다.

그사이 아이의 자그마한 몸이 부는 바람에 휘청하며 옆으로 기울었다. 서혁이 반사적으로 아이를 안아 들었다. 한 손으로 안아 들 수 있을 만큼 가벼운 몸이었다.

늘어져 있는 여자아이의 몸을 받쳐 든 채 난감해하는 사이, 건물에서 보육 교사가 뛰쳐나왔다.

"윤아! 윤아! 어머, 윤아!"

보육 교사가 서혁에게 안겨 있는 윤을 넘겨받았다. 서혁은 속으로 그 이름을 되뇌었다.

윤.

부르기 쉬운 이름이었다. 보육 교사가 윤의 이마를 짚더니 인상을 찌푸렸다.

"열이 펄펄 나는데 맨발로 여긴 왜 나온 건지, 어휴."

그래서 자신을 천사라고 부른 건가.

"죄송합니다. 윤이가 실수한 건 없나요?"

보육 교사가 난처한 표정으로 서혁을 쳐다보며 물었다. 서혁의 시선은 줄곧 윤을 향해 있었다.

"아뇨, 없습니다."

"다행이네요. 그럼 실례하겠습니다."

돌아서던 보육 교사는 가슴을 쓸어내렸다. 소년이 분명한데 무감한 시선이 어찌나 차가운지 1초도 마주 보기 힘들었다. 그런데 윤은 그런 소년의 코앞에 서 있었다.

이게 무슨 일이래. 보육 교사가 고개를 절레절레 흔들며 걸음을 재촉했다.

보육 교사의 품에 안겨 멀어지는 윤을 한참이나 바라보던 서혁은 고개를 숙였다. 손바닥에 사탕 세 개가 덩그러니 놓여 있었다. 사탕은 굴곡이 모두 보일 만큼 쪼글쪼글했다.

자신을 천사라 부르며 엄마를 데려와 달라 떼를 쓸 거라는 예상을 깨고, 여자아이는 지나치게 의젓했다. 하늘에 있는 엄마를 안심시키기 위해 절박하게 노력하는 표정이 아직도 눈에 아른거렸다.

착한 아이.

그건 저런 아이에게 쓰는 말인가.

서혁이 무심히 생각할 때였다. 왠지 모르게 가슴 밑바닥이 뜨끈하다.

"뭐하는 거냐."

등 뒤에서 기척도 없이 다가온 호원의 부름에 서혁이 주
머니에 사탕을 밀어 넣었다.

"아무것도 아닙니다."

"내가 여기까지 오는 줄도 모를 만큼 넋을 빼놓고 있던 주
제에, 아니긴 뭐가 아니야."

열다섯 살에겐 과하게 느껴질 만큼 엄한 질책이었으나, 서
혁은 눈을 내리깔 뿐 아무 대답도 하지 않았다. 고아원을 벗
어나는 차 안에서 서혁은 윤이 들어간 문을 바라보았다.

1부
열아홉, 스물여덟

❶

　윤이 서혁을 처음 본 것은 고아원 흙마당 앞에서였다. 고작 여섯 살이던 윤은 처음으로 사람을 보고 눈이 부시다고 생각했다.

　그때 그녀는 열이 펄펄 나는 상태였기에 어떤 것도 구분할 수 없었다. 다만 하얀색 코트를 입고 새하얀 얼굴을 하고 서 있는 서혁을 보고 있는 것만으로도 눈부셨다.

　날렵한 턱 선과 매끈하게 빠진 몸매, 큰 키, 두드러지게 작은 얼굴, 섬세하게 그린 듯한 이목구비까지. 그토록 아름다운 사람은 처음이었다. 눈을 뗄 수가 없었다.

　그 순간 무심코 고개를 돌리던 서혁과 눈이 마주쳤다. 그 시선에 가슴이 부풀면서 동시에 안타까움을 느꼈다.

사람일 리가 없다고 생각했다. 천사다. 아픈 자신에게 천사가 내려온 게 틀림없었다.

여섯 살의 그녀는 열이 펄펄 나는 몸으로 서혁에게 다가가 '천사님'이라며 배시시 웃었다. 그런 윤을 서혁은 아무 말 없이 물끄러미 바라보았다.

그에게 무언가 말을 한 것까진 기억나는데 어떤 말을 했는지는 좀처럼 떠오르지 않았다.

그 뒤로 그는 한 달에 한 번씩, 딱 여섯 번을 찾아왔다.

겨울이 초여름으로 변한 어느 날을 마지막으로 서혁은 나타나지 않았다. 그리고 그가 다시 고아원을 방문한 것은 11년이 흐른 후였다.

다시 그를 본 순간 세상의 움직임이 모두 멈춘 듯했다. 새까만 세상에 뚝 떨어진 흰 점처럼, 그의 존재는 독보적이었다.

사춘기에 접어든 윤은 심장이 거세게 뛰어 더 이상 예전처럼 서혁에게 매달릴 수 없었다.

이젠 그가 천사가 아니라는 것도 알고 있었다. 자신의 처지도, 그의 위치도 모두 다 알고 있었다.

그렇기에 윤은 그저 먼발치에서 그가 스쳐 지나가는 것을 바라볼 수밖에 없었다.

이후 윤은 그가 오는 날을 손꼽아 기다렸다. 그를 보는 날이면 평소보다 거울을 열심히 보았고, 신발도 깨끗하게 닦았다.

그래 봤자 그의 눈에 들 리 없다는 걸 알면서도 윤은 최대한 깔끔한 모습으로 먼발치에서 그를 바라보았다. 그저 그를 보고 있는 것만으로도 좋았다.

그와 다시 대화를 나누게 된 것은 2년이 더 흐른 후였다. 열아홉 살이 된 윤은 난생처음 용돈을 모아 손수건을 샀다.

발렌타인데이. 고백하기 좋은 날. 윤은 손수건과 자그마한 초콜릿을 샀다. 얼마 전 그가 바닥에 떨어뜨린 손수건을 어린아이가 밟고 지나간 것이 계속 머릿속에 남아 맴돈 탓이었다.

고아원을 방문해 후원 물품을 전달한 후 돌아서는 서혁의 그림 같은 뒷모습을 바라보던 윤은 호흡을 골랐다.

"저기요."

윤의 자그마한 부름이 바람에 묻혔다. 한마디 꺼냈을 뿐인데 입술이 떨려 윤은 더 이상 그를 부르지 못했다. 이번 고백은 실패다, 라는 생각을 하고 있을 때 그가 거짓말처럼 돌아섰다.

날 부른 게 너냐고 묻고 있는 듯한 무심한 얼굴.

윤은 날렵한 검은 코트가 지독하게 잘 어울리는 그를 한참이나 바라보다 걸음을 옮겼다. 제 발소리가 낯설게 들렸다.

윤은 느리게 걸었다. 거리가 좀처럼 좁혀지지 않았다. 그 지겨운 기다림을 서혁은 아무 말 없이 견뎌냈다.

윤이 마침내 서혁의 앞에 섰다. 윤은 손에 쥐고 있던 손수건과 초콜릿을 내밀었다. 사소한 동작 하나에 힘이 잔뜩 실렸다.

"이게 뭐야."

그가 윤의 손을 흘깃 보더니 건조하게 물었다. 그의 냉담한 눈길에 윤은 예상대로 그가 자신을 기억하지 못한다고 생각했다. 마음이 아프지만 추억의 크기는 사람마다 다른 법이니까.

"선물이에요."

왜 자신에게 이런 선물을 주냐는 듯 서혁이 물끄러미 손수건과 초콜릿을 바라보았다. 윤은 조심스럽게 말을 꺼냈다.

"그냥 드리고 싶었어요. 고마워서요."

"후원을 말하는 건가."

"후원도 그렇지만……."

윤은 말끝을 흐렸다. 눈빛에 갈등이 어렸다. 잠시 호흡을 고른 윤이 시선을 내리깐 채 다시금 말을 이었다.

"오는 날을 기다리고 있어요. 그냥 보고 있는 게 좋아서요. 그러니까 고백은 아니고요. 저처럼 매일 고마워하고, 기다리는 사람이 있다는 걸 알아 달라는 뜻이에요."

말을 할수록 자신감이 줄어들었다. 아름다운 그의 앞에 서 있으니 심장이 마비된 것 같았고 자신이 점차 초라하게 느껴졌다.

그는 아무 말도 하지 않았고, 어떠한 미동도 보이지 않았다. 섬세한 공예품처럼 가만히 서서 바라볼 뿐이었다.

윤은 초콜릿과 손수건을 들고 있는 손끝이 점차 차가워지는 걸 느꼈다. 침묵이 이어졌고, 그것이 거절의 뜻이라는 걸 알아챘다.

"시간 빼앗아서 죄송합니다. 이런 것도 귀찮고, 번거로울 텐데."

그는 초콜릿과 손수건을 원하지 않았다. 그에게 이런 싸구려 물건은 처음부터 어울리지 않았다.

윤은 물건을 가슴에 안은 채 꾸벅 인사한 후 돌아섰다. 그는 윤을 붙잡지 않았고, 부르지 않았다. 윤은 찡한 코끝을 감싸 쥐었다.

무슨 기대를 한 걸까.

툭, 마음 귀퉁이가 무거운 소리를 내며 깨졌다.

그날 밤, 윤은 그것들을 버리려고 소각장에 갔다가 도로 들고 돌아왔다. 대신 사물함 깊숙한 곳에 고이 넣어두었다. 언젠가 그를 좋아하는 마음이 멈추는 날 버리겠노라 다짐하면서.

다시 한 번 서혁과 이야기를 나누게 된 것은 그로부터 한 달이 지난 후였다. 정확히 한 달에서 하루 모자란 날.

그날 밤, 윤은 자신을 따로 보자고 한 혁수를 따라 고아원 마당으로 나왔다.

"무슨 일이야?"

차가운 밤바람에 윤이 옷깃을 여미며 물었다. 고아원에서 행실이 불량하기로 유명한 혁수라 둘이 있는 것이 꺼림칙했지만 주호의 일로 긴히 할 말이 있다고 해서 따라 나왔다.

"주호, 고아원 애라고 소문난 거 아냐?"

평소 건들거리는 자세와 달리 혁수의 어깨가 잔뜩 긴장해 좁아져 있었다. 그러나 윤은 달라진 혁수의 자세보다 그의 말이 더 신경 쓰였다.

"그게 왜 소문이 나?"

시설 아이라는 걸 담임이 말하지 않으면 누구도 알 리 없었다. 윤도 여태껏 잘 숨기고 살았다.

"학부모 모임이 있는데 아무도 안 왔으니까."

혁수의 말에 윤은 입술을 깨물었다.

고등학생인 자신과 달리 주호는 이제 겨우 5학년이었다. 쉽게 상처받고, 그 상처가 오래 머무는 여린 마음을 갖고 있을 나이였다.

안색이 파리하게 질리는 윤을 쳐다보던 혁수가 목소리를 낮추며 말했다.

"내가 도와줄까?"

"뭘?"

"요즘 애들이 얼마나 지독한지 아냐? 고아원 애라고 소문 나면 괴롭힘 당하는 거 순식간이야. 괴롭힘만 당할 거 같지? 아니. 애새끼들이 이빨 까는 게 얼마나 심한데. 아마 주호처럼 곰같이 착한 녀석은 밥 될걸?"

비속어가 잔뜩 섞인 그의 말을 듣던 윤의 얼굴이 점차 돌처럼 굳었다.

"그러니까 내가 도와준다고."

혁수가 갑자기 나긋하게 말하며 어깨를 감싸 왔다.

"내가 주호 괴롭히는 새끼들 싹 쓸어 주고, 밟아 줄게. 그러니까 말이지……."

혁수가 윤의 어깨를 조몰락거렸다. 윤의 향기가 코끝을 스치자 가슴이 벌렁거리면서 아래가 뻐근해졌다.

고아원에서 윤의 인기는 상상 초월이었다. 사춘기에 접어들면서 이성에게 눈을 뜬 남자들은 대부분 윤을 좋아했다. 고요하고 조용하며 차분한 윤에게는 사람을 끌어당기는 어떤 매력이 있었다.

그에 비해 윤은 그 누구에게도 관심을 가지지 않았다. 적당한 친절과 예의로 모두의 접근을 차단했다.

혁수는 그런 윤을 오래전부터 좋아했고, 이젠 견딜 수가 없게 되었다. 어떻게든 윤을 갖고 싶었다. 윤에게 눈독 들이는 새끼들이 모두 포기하도록 자신의 여자로 만들고 싶었다.

혁수의 손이 조금씩 윤의 어깨를 타고 내려와 그녀의 팔을 쓸어내렸다.

"비켜."

윤이 혁수의 손을 밀쳤다. 순식간에 거절당하자 혁수의 얼굴이 팍 구겨졌다. 이내 자신이 그러면 안 된다는 걸 깨달았는지 어울리지 않게 나긋한 목소리를 냈다.

"네가 지금 상황 파악을 못 하나 본데."

"내가 알아서 할게."

"네가 알아서 할 일이 아니라니까?"

"그것도 내가 판단해."

"내가 도와준다잖아! 내가!"

혁수가 건들거리며 소리쳤다.

"네가 어떻게?"

윤이 물었다.

"그거야 나한테 맡겨 놓으면 알 거 아냐."

"너도 별수 없는 거 아냐?"

"뭐? 너 지금 나 무시했냐?"

"됐어."

"하, 뭐?"

"네가 날 그냥 도와줄 리 없지. 너, 나한테 바라는 거 있잖아."

윤이 차갑게 말했다. 자신을 향하는 혁수의 시선이 끈적거린다는 것을 오래전부터 느끼고 있었다. 그래서 혁수가 주호의 안전을 빌미 삼아 자신에게 무엇을 바라는 건지 한 번에 알아챌 수 있었다.

"눈치 한번 빠르네. 그럼 말하기 편하겠다."

혁수가 비죽거렸다. 그의 자세가 금세 삐딱해졌다.

"내 여자 친구 해. 그럼 너도 편해질 거야. 알잖아, 내가 어떤 놈인지."

혁수의 말에 윤은 입술을 깨물었다.

고아원은 정글과 같이 보이지 않는 서열과 계급이 있었다. 단연 그 기준은 힘이었다. 보육 교사가 아무리 와해시키려고 해도 할 수 없는 견고한 계급의 1순위는 혁수였다. 만약 혁수에게 잘못 보이면 자신뿐만 아니라 나이 어린 주호마저도 위험해진다.

얼마 전 혁수의 눈에 거슬렸다가 그에게 밟혀 손가락 하나를 못 쓰게 된 아이가 있었다. 그 일로 그 아이는 다른 시설에, 혁수는 소년원에 얼마간 다녀왔다.

"잘 생각해. 내 여자 친구 하면 편해진다니까? 너뿐만 아니라 주호까지도."

혁수가 다시금 어깨를 감싸며 말했다. 윤은 주호를 생각하며 입술을 깨물었다. 자신은 어떻게든 참아 내더라도 주호는 못 버틸 게 분명했다. 혁수의 명령을 받는 아이들이 고아원에 포진해 있었다.

그렇지만, 하지만.

혁수의 손이 조금씩 어깨를 타고 내려왔다. 손이 가슴으로 향한다는 것이 느껴졌다. 동시에 귓가에 혁수의 끈적한 숨소리가 들렸다. 윤의 몸이 분노로 부들부들 떨렸다.

머릿속에 주호가 떠올랐다. 이어 서혁의 모습 또한 떠올랐다. 도저히 견딜 수가 없었다. 혁수에게 이런 일을 허락하는 순간 두 사람의 얼굴을 영영 볼 수 없을 것 같았다.

혁수의 손이 가슴에 닿기 전, 윤이 몸을 틀었다.

"비켜!"

윤이 혁수를 밀쳤다. 생각지 못한 힘에 바닥으로 넘어진 혁수가 황망한 얼굴로 윤을 쳐다보았다. 그러다 기가 막힌 듯 웃다 말고 무섭게 노려보았다. 자신이 거절당한 것이 자존심 상한 얼굴이었다.

"너 지금 날 밀친 거냐? 하⋯⋯ 이 미친년이 예쁘게 봐 줬더니."

"예쁘게 봐 준 게 아니라 갖고 놀기 좋게 본 거겠지."

윤이 차갑게 대답했다.

"그게 그거지. 고아년이 밑 봐 준다 그러면 고맙다고 달려들어야지. 하, 기가 차네."

자리에서 벌떡 일어난 혁수가 기가 차다는 듯 위협적으로 고개를 뒤로 꺾었다. 윤은 피어오르는 두려움을 최대한 꽉 누른 채 차갑게 혁수를 응시했다.

"주호, 건드리지 마. 그땐 나도 너 가만히 안 둬."

"하, 가만히 안 두면? 그땐 어쩔 건데?"

"모두를 위해서 너 같은 쓰레기는 치워야겠지."

"쓰레기?"

위협적으로 다가오는 혁수를 쳐다보던 윤이 입을 열었다.

"너, 1년 전에 영주도 건드렸지?"

싸늘한 윤의 말에 혁수가 멈칫했다.

"그래서 영주 미혼모 시설 들어갔잖아. 모를 줄 알았니? 영주한테 미안하지도 않아? 영주가 낳은 애한테는? 영주, 어떻게 됐는지는 들었니?"

"그 이야기가 여기서 왜 나와! 이 미친년아!"

"영주, 자살 시도했어. 너 때문에."

"닥쳐!"

"왜? 너한테도 양심이라는 게 있니? 너, 네가 그런 거 아니라고 우겼지? 학교에서 모두가 다 보고 있는데 영주에게 '유명한 걸레인 너 때문에 내가 왜 그런 소리를 들어야 하는지 모르겠다'고 소리쳤지? 그 말에 상처입어서 영주가 그렇게된 거야. 넌 영주를 갖고 놀았을지 몰라도, 영주는 널 좋아했거든."

"안 닥쳐?"

혁수가 윤의 멱살을 거머쥐었다. 뒤꿈치가 들렸다. 얼굴로 피가 몰렸다. 그러나 윤은 눈 한 번 깜빡하지 않고 혁수의 시뻘건 눈을 노려보았다.

"난 영주처럼 되기 싫어."

"……."

"너 같은 거 때문에 내 인생 망치고 싶지 않다고."

"씨발, 이년이."

혁수가 손을 치켜들었다. 윤은 예상한 듯 눈을 질근 감았다. 몇 대 맞아 줄 생각이었다. 한 번 더 폭력 사건을 일으키면 혁수는 다른 시설로 가게 될 테니까.

"윽!"

그러나 부는 바람의 방향이 조금 달라졌다 싶을 즈음, 혁수의 짧은 비명이 들렸다. 혁수가 멱살을 놓았다. 갑작스레 해방된 윤이 천천히 눈을 떴다. 눈을 뜨기 전 코끝으로 시원

한 향기가 스쳐 지나가는 것이 느껴졌다.

검은 코트를 입은 서혁이 불을 붙이지 않은 새 담배를 입에 문 채 혁수의 팔을 잡고 있었다. 그저 손목을 잡고 있을 뿐인데 혁수는 고통스러운지 온몸을 비틀고 있었다.

"으, 으으."

"소란 떨지 마."

혁수를 무감한 눈으로 응시하며 서혁이 말했다. 혁수가 반항하려고 주먹을 치켜들었으나, 그 움직임을 이미 읽은 듯 서혁이 그를 밀쳤다.

"이 새끼가!"

윤의 앞에서 약한 모습을 보여 준 것이 창피했는지 혁수가 눈을 부릅뜬 채 달려들었다. 그러나 금세 서혁의 발에 차여 멀찍이 날아갔다. 자리에서 일어난 혁수가 또 한 번 서혁에게 달려들었지만 바닥에 얼굴이 처박혔다.

컥컥거리며 숨을 헐떡거리는 혁수와 달리 서혁은 여유로웠다. 오히려 조금 지루해 보이는 얼굴로, 혁수의 등을 뒤꿈치로 내리찍었다.

퍽, 하는 소리에 혁수가 신음 소리를 내며 사지를 떨었다. 서혁은 무릎을 굽히고 앉아 고개를 비스듬히 기울여 혁수를 바라보았다.

혁수의 눈동자에 공포가 일었다. 자신을 때리는 힘에는 절

제가 없었다. 딱 세 번 맞았을 뿐인데 몸이 산산조각 날 것처럼 아팠고, 동시에 그의 눈이 두려웠다.

사람이 눈앞에서 죽어 가도 아무런 변화 없이 차가울 것만 같은 눈빛. 타인을 향한 동정, 자비 같은 건 일절 가져 본 적 없는 눈빛.

혁수는 난생처음 소름이 끼쳐서 꼼짝도 할 수 없었다.

서혁은 흘깃 고개를 들어 멀찌감치 서 있는 윤을 바라보았다. 윤이 들을 수 없는 크기로 혁수에게 속삭였다.

"저 애, 건드리지 마."

"……"

"죽기 싫으면."

툭 하고 던지는 말이 무거워서 혁수는 숨이 막혔다. 공포에 질려 어쩔 줄 모르는 어린 낯빛을 서혁은 무심히 바라보았다.

고작 몇 대 맞고 파리하게 질릴 거면 주먹을 휘두르지 말아야 한다. 주먹과 힘은 휘두른 수의 배로 돌아오게 되어 있으니까.

서혁은 꽤나 나쁜 짓을 했을 것 같은, 그러나 내실 없는 혁수의 초라한 몰골을 바라보다 손을 뻗었다. 하얗고 긴 손가락이 혁수의 뺨에 닿았다. 섬뜩하리만큼 차가운 손가락. 천천히 혁수의 뺨을 타고 손가락이 내려갔다.

"그리고 누워 있어."

"……."

"내가 말하기 전에 일어나면, 넌 죽어."

서혁의 손가락이 정확히 혁수의 귀 아래를 눌렀다.

관통하면 죽는 곳.

감정이 깃들지 않은 눈동자가 죽음을 이야기할 때 서늘하게 빛났다. 혁수는 오금이 저려 온몸을 웅크렸다. 고저 없는 목소리는 진실을 이야기하고 있었다. 여기서 일어나면 자신은 정말 죽게 될지도 모른다.

혁수는 미약하게 고개를 끄덕이며 짐승처럼 움움거리는 소리를 냈다.

일부러 자리에서 느릿하게 일어난 서혁은 멀찌감치 서 있는 윤을 바라보았다. 윤이 입을 자그맣게 벌린 채 이쪽을 바라보고 있었다. 조금 놀란 듯하지만, 자신을 무서워하는 것 같진 않았다.

서혁은 윤의 표정에 안도했고, 안도감을 느끼는 스스로에게 잠시 당황했다. 난감한 감정을 삭인 서혁이 윤을 향해 걸어갔다.

유난히 피곤한 하루였다. 여기저기 사업장에서 일이 터졌고, 자신을 살해하려는 누군가를 처리하느라 바빴다. 더군다나 이 부근에서 자신을 습격한 세력이 있었다.

아무리 치워도 쓰레기는 끝없이 날아들었다. 그 고단한 와중에 사진처럼 찍혀 버린 한 풍경이 떠올랐다.

머리카락을 날리던 선선한 바람, 마른 흙이 깔려 있는 마당, 드문드문 세워져 있는 나무, 쾌청한 하늘, 그 조각조각 사이에 서 있는 한 여자아이. 그리고 낯설기만 한 초콜릿과 손수건까지.

그 풍경을 곱씹다가 무심코 이곳을 찾았고, 담배를 피우며 짧은 휴식을 취한 후 돌아갈 생각이었다. 혁수에게 멱살이 잡혀 있는 윤을 보기 전까지는.

서혁이 윤의 앞에 섰다. 윤의 눈동자는 여전히 놀라움으로 커져 있었다. 잠시 큰 눈을 깜빡거리던 윤은 정신이 든 듯 두 손을 앞에 모은 채 고개를 숙였다.

"감사합니다."

서혁은 대답 대신 손을 내밀었다. 커다랗고 하얀 손을 바라보던 윤이 눈을 깜빡거렸다.

"뭘 드려야 할지……."

"초콜릿, 손수건. 그거 아직 있어?"

"네? 아, 네."

"가져와."

"……."

"준다며."

"아……."

윤의 얼굴이 잠시 멍해졌다. 그가 자신의 초콜릿과 손수건을 찾는다는 것이 믿기지 않았다.

"있다며. 없어?"

"아뇨! 있어요. 가지고 올게요. 조금만 기다려 주세요."

절박한 표정으로 말하는 윤을 보며 서혁은 건조하게 고개를 끄덕였다. 윤은 다급하게 건물로 뛰어 들어가 사물함에 고이 넣어 둔 초콜릿과 손수건을 품에 안고 뛰어나왔다.

그러나 서혁이 서 있던 자리는 텅 비어 있었다. 주위를 둘러보니 쓰러진 것처럼 누워 있던 혁수도 사라졌다. 가슴이 덜컥 내려앉았다.

설마 혁수가 일을 저지른 건 아니겠지.

윤이 다급하게 주변을 살폈다.

"여기야."

들리는 목소리에 윤이 고개를 돌렸다. 커다란 나무 아래 자리한 벤치에 서혁이 앉아 있었다.

어둠에 물든 나무가 바람에 흔들렸다. 웅웅거리는 소리와 함께 드문드문 날리는 낙엽, 그 아래 어둡게 물들어 있지만 빛나는 그.

그가 있다는 것만으로 저곳은 다른 세계가 되어 버렸다. 마치 다른 시간을 사는 사람처럼 그는 묘한 분위기를 풍기며, 익숙한 주변의 것들을 낯선 것들로 만들어 버렸다. 바라보고 있자니 가슴에서 서걱서걱 소리가 났다.

윤은 심장 소리가 흘러 나가지 않도록 입술을 꽉 다문 채 서혁에게 다가갔다. 서혁은 윤에게 손을 내밀었다. 그 커다란 손 위로 윤은 초콜릿을 올려 두었다. 서혁이 왜 손수건은 주지 않냐는 얼굴로 쳐다보았다.

"잠시만요."

윤은 대답과 동시에 서혁의 앞에 무릎을 접고 앉았다. 손수건으로 그의 손목을 감쌌다. 혁수를 때릴 때 옷자락이 들리며 벌건 피가 묻은 손목을 보았다.

"피가 나요. 다쳤나 봐요."

서혁의 시선이 느릿하게 자신의 손목으로 향했다. 자신의 피가 아니라 타인의 피였다. 누구의 피인지 모르겠다. 씻는다고 씻었는데 손목에 튄 피까지는 보지 못했었다.

"아프진 않으세요? 약이라도 가지고 올까요?"

윤이 고개를 들어 맑은 눈동자로 물었다. 다른 사람의 피일 거라고는 추호도 생각하지 않는 눈빛이었다.

어쩌면 그게 정상이겠지.

"됐어."

굳이 다른 사람의 피라고 이야기하고 싶지 않다. 선선한 바람이 침묵을 갈랐다. 용건이 끝났음에도 서혁은 움직이지 않았다.

"왜 초콜릿이야?"

서혁이 초콜릿을 무심히 바라보다 물었다. 왜 하필 초콜릿이었을까. 드문드문 그 생각을 했었다.

"발렌타인데이라서요."

서혁이 윤을 쳐다보았다. 그게 뭐냐는 표정이었다. 윤은 난처했다. 그 뜻을 말하자니 입술이 열리지 않았다.

"그러니까…… 별거 아니에요."

윤은 결국 발렌타인데이의 뜻에 대해 정확히 말해 주지 못했다. 대신 초콜릿을 무감한 눈으로 바라보는 서혁에게 다른 마음을 전했다.

"저는 초콜릿을 먹을 때 가장 행복해요. 저를 행복하게 해 주신 만큼, 저도 제 행복을 나눠 드리고 싶었어요."

조근조근 이어지는 윤의 목소리에 서혁이 고개를 들었다. 윤의 단정한 입술에 웃음이 맺혀 있었다.

"내가 널 행복하게 만들어?"

서혁의 낮은 목소리가 흘러나왔다.

"네. 행복하게 만들어 줘요."

"어떤 면이?"

"볼 수 있다는 것만으로도…… 행복해요."

윤은 빙긋 웃었다. 주변이 어둡다는 건 고마운 일이었다.

그의 얼굴이 자세히 보이지 않는 덕분에 자신의 마음을 이야기할 수 있었으니까.

서혁은 생각에 잠긴 얼굴로 손목에 감긴 손수건과 초콜릿을 번갈아 보았다. 그때 건물 안에서 누군가가 '윤아!' 하고 소리쳐 불렀다.

"먼저 가 볼게요. 안녕히 계세요."

아쉬운 표정을 짓던 윤은 가볍게 인사를 한 후 돌아섰다.

마른 흙이 깔린 마당을 가로질러 뛰어가는 걸음을 따라 먼지가 폴폴 일었다. 하얀 니트에 검은 장치마를 입은 윤의 모습이 금세 문 사이로 사라졌다.

을씨년스러운 바람이 감도는 마당에 홀로 남은 서혁은 초콜릿과 손수건을 바라보았다.

태어나 처음으로 받은 선물.

"행복하게 만들어 줘요."

태어나 처음으로 들은 말.

윤.

태어나 처음으로 기억하게 된 여자의 이름.

서혁은 그곳에 오래도록 남아 윤의 이름을 되뇌었다.

　　※　　　　※　　　　※

　"발렌타인데이가 어떤 날이죠?"

　불쑥 묻는 서혁의 말에 운전기사가 백미러를 쳐다보았다.
서혁은 평소처럼 무심한 얼굴로 창밖을 바라보고 있었다.

　"저도 잘은 모릅니다만."

　"대충 말씀해 주셔도 됩니다."

　"여자가 좋아하는 남자에게 초콜릿을 선물하는 날일 겁니
다. 그런데 그건 왜 물으시는지요?"

　"아무것도 아닙니다."

　서혁은 대답해 줄 생각이 없다는 듯 시선을 여전히 창밖
에 두었다.

　겨울의 을씨년스러운 풍경이 창문을 스쳐 지나간다. 거리
의 풍경은 평소와 다름없었다. 다만 평소와 다르게 이것저것
이 눈에 들어온다.

　초콜릿이 한가득 들어 있는 바구니. 수제 초콜릿 가게. 십
자수가 예쁘게 박혀 있는 손수건. 윤의 또래쯤으로 보이는
여학생들. 하늘에 둥그렇게 걸려 있는 보름달.

　서혁은 주머니에서 초콜릿을 꺼내 입에 물었다. 얼굴이 파
삭 구겨졌다. 태어나 처음 먹어 본 초콜릿은 심각하게 달았
다. 지나치게 달아서 입안이 얼얼해졌지만, 서혁은 억지로

초콜릿을 입에 녹였다.

이어 달큰한 초콜릿향이 입안으로 퍼졌다. 숨을 들이쉴 때, 내쉴 때 초콜릿의 향기가 주변으로 퍼진다.

함께 있는 것 같다. 그 느낌만으로도 가슴에 훈풍이 불어오는 듯했다.

✳   ✳   ✳

혁수가 고아원을 떠났다. 서혁과 불미스러운 일이 생긴 지 3일 만의 일이었다. 들리는 말에 의하면 누군가의 강력한 요청으로 인해 결정 난 사안이라 했다. 내쫓긴 거나 다름없었다.

혁수가 앞으로 머물게 될 고아원은 현재 고아원에서 차로 5시간 정도 떨어진 후미진 곳이었다. 혁수는 눈이 마주칠 때마다 윤을 향해 적대감을 드러냈지만, 직접적으로 해를 가하는 일은 없었다. 그저 분노와 두려움이 뒤엉킨 눈으로 윤을 노려보다 먼저 고개 돌렸다.

노란 오후 햇살이 내려앉은 운동장을 가로질러 걷던 윤은 모의고사 성적표를 펼쳤다. 담임선생님은 수능 때도 모의고사만큼 점수가 나온다면 좋은 대학에 갈 수 있으니 힘내라고 등을 두들겨 주었다.

대학에 갈 수 있을까.

윤은 애매한 표정으로 성적표를 보았다. 자신에게 대학에 갈 수 있는 조건은 성적이 아니라 돈이었다. 대학 등록금은 장학금을 받아 유지한다고 하더라도 생활비를 비롯한 각종 금액은 모두 자신이 충당해야 한다.

아르바이트를 하면서 공부를 할 수 있을까. 어린 주호의 뒷바라지도 해야 하는데. 아직 2년이나 더 남았는데 고민 같은 건 접어 둘까. 그래도 미리 계획을 세워 놔야 행동하기가 한결 편할 텐데. 이런저런 생각이 머리에 똬리를 틀었다.

발등 위로 그림자가 졌다. 고개를 든 윤은 자신의 앞에 마주 선 남자를 보았다. 까만 코트에 하얀 목티를 입고 있는 그의 모습은 눈이 부셨다.

교문에서 나오던 여학생들이 서혁의 모습을 보고 감탄하는 소리가 윤의 귀까지 닿았다. 그제야 윤은 자신의 앞에 있는 사람이 서혁이라는 것을 실감했다.

"아……."

이토록 환한 대낮에, 고아원이 아닌 곳에서의 만남은 처음이라 윤의 입술이 작게 벌어졌다.

머뭇거리고 있는 사이 서혁이 손을 내밀었다. 햇살에 하얗게 빛나는 그의 손을 넋 놓은 채 바라보던 윤은, 재촉하는 그의 시선에 얼른 손을 내밀었다.

투둑, 투둑. 손바닥 위로 초콜릿이 떨어져 내린다. 종류도 여러 가지였다. 윤은 이게 뭐냐는 눈으로 그를 쳐다보았다.

"답례를 하러 왔어."

"……."

"초콜릿에 대한 답례."

귓가에 부드럽게 감기는 서혁의 목소리가 윤의 가슴으로 흘러들었다. 쿵, 쿵. 그 목소리는 새로운 박자가 되어 가슴을 세차게 움직였다.

"타."

서혁이 자신의 자동차를 가리켰다. 거절할 틈도 없이 운전석에 올라탄 그가 창문으로 물끄러미 쳐다보았다. 시선의 힘에 못 이긴 윤이 조수석에 올라탔다.

고요한 침묵 속에 윤은 긴장했다. 버스로 움직이면 한 시간 거리인데, 자동차를 타고 오니 15분 만에 고아원에 도착했다. 아쉬웠지만 윤은 내색하지 않았다.

"감사합니다. 그리고 혁수 일도 감사합니다."

윤이 서혁에게 감사 인사를 건넸다. 앞을 응시하고 있던 서혁이 고개를 돌려 눈을 맞춰 왔다.

"어떻게 알았어?"

그가 별로 놀라지 않은 얼굴로 물었다.

"오빠만이 할 수 있는 일이니까요."

"그렇구나."

그가 덤덤한 목소리로 대답했다. 사위가 고요해졌다. 또다. 검은 눈동자와 마주한 순간 자신이 머무는 이 세계가 다른 공간이 되었다. 먼지가 내려앉는 소리, 유리창으로 스며들어 오는 긴 햇살. 그 모든 것들이 또렷해진다.

"그리고 행복을 나눠 주셔서 감사해요."

윤이 손바닥에 고이 잠들어 있는 초콜릿을 바라보았다. 서혁이 설핏 웃었다.

"정말로, 행복해?"

서혁이 물었다.

"네."

윤이 자그맣게 웃었다. 서혁은 윤을 따라 웃으려다 입술을 꾹 닫았다. 자신의 웃음은 저토록 환하지 않을 테지.

"그래."

서혁의 대답을 끝으로 대화가 사라졌다. 더 이상 나눌 대화가 없었다. 윤은 서혁에게 인사를 한 후 문을 밀고 내렸다.

선선한 가을바람이 몰아쳤다. 깨끗한 공기에 가슴이 들썩거리도록 숨을 쉬었다. 윤은 멀어져 가는 서혁의 자동차를 바라보았다.

발렌타인데이에 대해 찾아보지 않은 걸까. 찾아봤다면 초콜릿의 의미가 단순히 행복만은 아니라는 것을 알 텐데.

윤이 아쉬운 표정으로 돌아섰다.

고아원에 돌아온 윤은 보육 교사로부터 대학에 진학할 수 있도록 돕겠다는 익명의 후원자가 나왔다는 소식을 전해 들었다. 윤은 그것이 초콜릿에 대한 서혁의 진짜 답례라는 것을 알았다.

❷

　대학에 입학한 윤은 주호와 독립해서 살기로 했다. 서혁이 돕겠다는 뜻을 밝혔으나, 윤은 대학 등록금을 후원해 주는 것만으로 충분하다며 거절했다.

　"지금만으로도 충분해요. 여기서 더 신세를 지면 미안해서 오빠를 못 볼 것 같아요."

　"아무런 지원 없이 지내기엔 힘들 거야."

　서혁의 표정이 미미하게 변했다. 그 자그마한 변화가 걱정이라는 걸 아는 윤이 느슨하게 웃었다.

　"알아요, 힘들 거라는 거. 그래도 열심히 살게요. 아주 열심히 사는 모습으로 보답할게요. 오빠 앞에서 부끄럽지 않게."

보름달처럼 환하게 웃으며 건네는 윤의 말에 서혁은 더 이상 고집을 세울 수 없었다.

부끄러운 것은 자신이다.

윤을 만날수록 가슴에 훈풍이 분다. 훈풍이 불어올수록 죽었던 감정이 하나둘 살아났다. 처음엔 근원을 알 수 없었던 설렘이, 지금은 피 묻은 주먹에 대한 죄책감이.

자신을 보고만 있어도 행복하다고 말하는 윤의 앞에서 서혁은 자신이 한없이 초라하게 느껴졌다.

"타. 데려다 줄게."

그가 감정을 삭인 채 무감하게 말했다.

"네."

윤이 방긋 웃었다. 차에 오른 두 사람은 한동안 아무런 말도 없었다. 침묵이 내려앉은 차 안에서 윤은 그의 눈치를 보며 말을 할까 말까 고민하다 입을 열었다.

"오빠."

서혁은 대답 대신 흘깃 곁눈질을 했다.

"고마워요. 오빠가 있어서 행복해요."

그 말을 하기까지 많은 고민을 한 듯 윤의 두 뺨이 불그스름했다. 발렌타인데이 때 건넨 초콜릿처럼, 지금의 말이 윤의 마음이라는 걸 서혁은 알고 있었다.

그러나 초콜릿처럼 덥석 받아 들 수 없었다. 이제 가슴에 부는 훈풍을 즐거운 마음으로 느낄 수 없다. 이룰 수 없는 욕심은 가시처럼 아프다.

"……그래."

서혁의 대답에 윤의 입꼬리가 살짝 올라갔다. 서혁이 대답을 한 것만으로도 만족한 얼굴이었다.

윤은 크게 욕심내지 않았다. 그것은 지금처럼 평행선인 관계를 이어 갈 수 있게 하는 원동력이면서, 갈증의 근원이기도 했다.

차 안이 조용해졌다. 서혁은 액셀을 천천히 밟았다. 조금 천천히 도착하길 바라는 마음에서. 주위의 차들이 빠르게 스쳐 지나가는 도로 위에서 서혁은 남들보다 느리게, 느리게 운전했다.

✻　　　✻　　　✻

윤을 고아원까지 데려다 준 후 집으로 들어서던 서혁은 미묘하게 변한 공기의 흐름을 느꼈다. 멈칫하며 걸음을 세운 서혁은 본능적으로 고개를 왼쪽으로 돌렸다.

"용케 알아내는구나. 어두워서 아무것도 안 보였을 텐데."

왼쪽 귀퉁이에 서서 난을 구경하던 호원이 서혁을 보며 웃었다. 얼굴을 가로지른 흉터를 경계로 입술만 웃을 뿐, 그의 눈빛은 냉랭했다.

서혁은 습관처럼 허리를 굽혔다.

"다녀왔습니다."

"그래."

"시키실 일 있으면 말씀하십시오."

"없다."

"그럼 올라가 보겠습니다."

서혁이 안도하며 돌아설 때였다.

"요즘 여자애를 만나고 다닌다지."

"……."

"그래서냐, 사업에 소홀한 게."

"……."

서혁의 등허리가 뻣뻣해졌다.

호원이 자신을 감시하고 있다는 걸 알고 있었다. 그래서 최대한 적은 횟수로 짧은 시간 동안 윤과 만나고 헤어졌다. 그런데 여태껏 침묵을 지키던 호원이 노골적으로 티를 냈다.

서혁이 돌아섰다.

"이 실장이 전해 준 말인데, 얼마 전에 한 녀석이 평범한 삶을 살고 싶다고 조직에서 나가겠다고 했다더구나. 우습지 않니? 평범한 삶이라니. 우리의 삶이 특별하다고 생각하나 보더구나. 똑같이 밥 먹고 자고 하는데 특별한 삶은 무슨."

서혁도 이 실장으로부터 보고를 받아 알고 있었다. 흔하고, 지루하고, 고루한 이야기였다. 술집 여자를 사랑하게 된 조직원이 그녀의 뜻에 따라 조직 생활을 접으려다 오히려 살해당했다는 이야기.

영화에나 나올 법한 일이었지만 조직에선 더러 일어났다. 그건 숭고하고 아름다운 사랑이 아니라 안주거리밖에 되지 않는 일이었다. 멍청하게 사랑 운운하다 목숨을 잃었다며.

조직에 발을 담그는 순간 수많은 비밀을 공유하게 되고, 그 비밀로 돈을 벌게 된다. 그 돈은 족쇄가 된다. 빠져나갈 수 없도록 발목을 잡고서, 점차 온몸을 옥죄여 온다.

자신은 여덟 살 때부터 그렇게 돈을 벌어 먹고 살았다. 자신의 온몸에 채워져 있는 보이지 않는 족쇄의 무게를 서혁은 잘 알고 있었다. 조금이라도 발버둥 치려는 순간, 족쇄가 온몸을 조여 터트려 버릴 거라는 사실도.

"무슨 말씀 하시는지 잘 알고 있습니다."

서혁이 스산한 눈빛으로 호원을 바라보았다. 호원은 경고를 하고 있었다. 허투루 꿈을 꾸었다간 죽음으로 그 꿈을 종결짓게 될 것임을. 그 죽음에는 자신뿐만 아니라 윤도 포함되어 있었다.

문득 하얗게 웃던 미소와 바람 따라 흘러갈 것처럼 나른한 몸짓, 부드럽게 흔들리던 머리카락이 떠올랐다.

"불쌍해서 후원하고 있을 뿐입니다."

"단지 그뿐이다?"

"네."

서혁의 건조한 대답에 호원의 입술이 늘어났다. 웃고 있지만 웃는 것이 아닌 얼굴이었다. 거실의 공기가 차갑게 식었다. 이윽고 호원의 입술에서 웃음이 사라졌다.

"네가 내게 거짓말도 다 하는구나. 뭐든 상관없다. 나로서는 좋은 일이지. 네 약점을 하나라도 더 잡으니 말이다. 운명을 거스르려고 하지 말아라. 그럴수록 다치는 것은 너니까."

"그럴 생각 없습니다."

"그렇다니 다행이구나. 네가 딴생각이라도 품었으면 마음 아플 뻔했어. 내가 널 키우느라 얼마나 고생했는지 누구보다 네가 제일 잘 알잖니?"

호원의 목소리가 부드러웠다. 그러나 그 속에 담긴 가시를 서혁은 잘 알고 있었다. 눈앞으로 괴로운 과거가 스쳐 지나갔다.

개 같은 밥을 먹어 가면서 정신이 굴복당할 때까지 맞았다. 맷집을 키워야 한다는 이유로 맞았고, 운다는 이유로 맞았다. 그렇게 가혹한 여덟 살을 보낸 후, 저 남자의 아들이 되었다.

호원의 입술이 늘어났다.

"그래야지, 예쁜 아가씨를 지키려면. 그런데 그 아가씨도 알고 있는지 궁금하구나. 네가 어떤 짓을 하고 다니는지."

서혁의 표정이 미묘하게 비틀어졌다. 윤은 자신을 사업가의 아들이라고만 알고 있었다. 이 사실을 알게 되면 하얀 얼굴이 어떻게 변할까.

"전 조폭 영화 못 봐요. 무서워요. 조폭도 무섭고요. 사람이 사람을 해친다는 건 정말 못된 일이잖아요. 전 그런 사람이 싫어요."

윤이 흘리듯 건넸던 말이 떠올랐다. 그날 서혁은 윤의 앞에서 영영 고백할 기회를 잃었다.

"올라가 보거라."

호원의 허락에 서혁은 가볍게 고개를 숙인 후 2층으로 올라갔다. 저벅저벅 이어지던 걸음이 계단 중간에서 멈췄다. 서혁이 주먹을 꽉 쥐었다.

알고 있다. 마음이 기울어도 닿을 수 없는 사람이 있다는 것과, 간절히 빌어도 이루어질 수 없는 소원이 있다는 것을.

태어나 사물을 인지하기 시작하며 한 번도 본 적 없었던 부모라는 존재가 무작정 그리웠을 때도 그러했고, 입양되어 평범한 삶을 갈구했을 때도 그러했다.

가장 필요한 순간, 가장 필요한 존재의 결핍. 그것이 자신의 삶이라는 걸 겸허히 받아들였다. 그러나 이따금씩 이렇게 따끔하고 아픈 순간이 왔다.

"오빠가 있어서 행복해요."

그 말에 '나도'라고 대답해 주지 못하는 순간.

"오빠."

그 부름에 '윤아' 하고 다정히 답하지 못하는 순간.

"초콜릿이에요."

발렌타인데이 때마다 건네는 초콜릿을, 의미를 모르는 척 받아 드는 순간.

"화이트데이라는 것도 있는데……."

흘리듯이 건넨 그 말에도 주머니 속에 든 사탕을 건네지 못하는 순간.

그 모든 순간이 따끔, 하고 가슴을 찔러 온다. 욕심내는 순간, 마음의 귀퉁이를 보이는 순간, 걷잡을 수 없다는 것을 알기에 꾹 눌러 참을 수밖에 없다.

이렇게 또 하루를 포기한다.

표정이 흐려진 서혁이 천천히 고개를 숙였다.

✳   ✳   ✳

두 달 만에 서혁이 고아원을 방문했다. 어둑한 밤이 주변을 에워쌌다. 벤치에 앉은 윤은 서혁을 바라보았다.

서혁의 연락이 오지 않은 두 달간 윤은 그가 걱정되었다. 동시에 그가 보고 싶어서 늦은 밤 괜히 마당을 서성거리곤 했다.

"이사가 내일이지?"

서혁의 물음에 윤이 빙긋 웃었다. 그가 자신의 이삿날을 잊지 않고 있었다.

"네."

"이사 준비는?"

"거의 다 됐어요."

윤이 옅게 웃었다. 자그마한 셋방을 구했다. 두 사람이 살기엔 좁았지만, 터전이 생긴다는 사실만으로 행복했다.

한기를 머금은 바람이 불었다. 손끝이 시렸지만 윤은 내색하지 않았다. 1분이라도 더, 아니, 1초라도 더 그와 함께 있고 싶었다. 그렇다고 대화를 나누는 것도 아니었다. 그저 지금 이렇게 같은 공간을 공유하는 것만으로도 행복했다.

"오빠는 피곤하지 않아요? 늦은 시간에 여기까지 오느라 힘들었을 텐데."

"괜찮아."

서혁의 덤덤한 답변에 윤이 살그머니 미소를 지었다.

"잊지 않고 찾아와 줘서 고마워요."

무슨 소리냐는 듯 서혁이 윤을 바라보았다.

"그냥, 나한테 일이 있을 때마다 잊지 않고 와 줬잖아요. 졸업식, 입학식, 생일, 이사하는 날까지. 누군가가 잊지 않고 나를 찾아오는 게, 고맙거든요."

경조사가 있을 때마다 크게 느껴졌던 가족과 친척의 부재. 끝없이 밀려드는 외로움에 힘이 빠질 즈음이면, 그가 꼭 나타났다. 사람들 속에서 단연 빛나는 모습으로, 우두커니 서서 자신을 바라보고 있었다.

그때마다 윤은 생각했다.

가족이 있다면 이런 걸까, 하고.

보는 것만으로도 무작정 반갑, 와 준 것만으로도 고맙고. 그래서 눈물이 핑 돌았다. 삶의 가장 중요한 순간마다 와

주는 그가 새삼 더 고맙게 느껴졌다.

서혁을 바라보던 윤의 입꼬리가 살짝 움직였다. 무언가 용기를 내려는 듯, 그러다 주저하듯 한참이고 움찔거리는 그녀의 얼굴을 서혁이 물끄러미 바라보았다.

윤이 손을 들었다. 숨을 들이마신 채 서혁의 손 위에 제 손을 겹쳤다. 서혁의 눈이 가늘어졌다. 그러나 그녀의 손을 밀어내진 않았다.

"스물이 되면 꼭 하고 싶었던 말이 있어요."

윤의 목소리가 애처롭게 떨렸다. 서혁의 얼굴을 볼 자신이 없다는 듯 눈을 내리깐 채 윤이 말을 이었다.

"오빠, 저는 오빠를……."

그녀의 목소리가 차분해질 즈음이었다.

"윤아."

그녀의 용기를, 서혁의 건조한 목소리가 갈랐다. 윤이 느릿하게 고개를 들었다. 그의 눈동자에 겨울바람이 고여 있다. 차갑고, 스산하고, 건조했다.

서혁은 윤을 바라보았다. 그녀가 하려는 이야기가 뭔지 안다. 이미 손끝으로, 시선으로, 온몸으로 흘러나오고 있었으니까.

서혁이 건조한 시선으로 윤을 응시했다.

"내가 이 위치에 있을 수 있게 해 줘."

"……."

"멀어지지도 않고, 여기서 더 가까워지지도 않게."

서혁의 무심한 말이 바람에 밀려 사라졌다. 윤의 목울대가 오르내렸다.

고백도 하기 전에 받은 거절. 그가 자신의 고백을 받아 줄 거라 기대한 적도 없지만, 막상 거절당하자 마음이 아렸다.

윤이 고개를 숙였다.

"……네."

서혁은 고개를 푹 숙인 윤을 바라보았다. 애달은 고백을 직접 듣고 싶었다. 떨리는 목소리로, 자그마한 숨소리를 머금은 채 '좋아해요'라는 그 말을 들으면 어떨지 궁금하기도 했다. 아니, 간절히 듣고 싶었다.

그러나 그럴 수 없다. 고백을 들으면 윤을 놔줄 수가 없을 것 같았다. 이기적이게도 그녀를 꺾어 자신의 곁에 둘지 모른다. 그렇게 된다면 누구보다 빛이 필요한 윤은, 어둠을 먹으며 시들어 갈 거다. 죽어 가는 건 자신으로 족했다.

"들어가 볼게요."

민망한 얼굴로 윤이 싱긋 웃었다.

"그래."

윤이 돌아섰다. 서둘러 달려가는 그녀는 앞이 보이지 않는 지 잠시 비틀거렸다. 손등으로 눈가를 닦는 것이 보였다. 그 뒷모습을 바라보던 서혁이 무거운 입술을 열었다.

"……좋아한다."

듣고 싶었던 고백을 뒤늦게 뱉어 본다. 한 박자 뒤에 씁쓸함이 온 입안으로 퍼져 갔다. 차가운 바람을 쐬던 서혁이 무거운 시선을 아래로 내리깔았다.

2부
스물넷, 서른셋

❶

늦은 오후의 햇살이 창가를 치고 들어왔다. 서혁이 빈 책상 위를 가로질러 길게 이어진 노을빛을 무심한 눈길로 바라보았다. 복잡했던 책상이 말끔하게 비워졌다. 그러자 구석마다 찍힌 곳이 드러났다.

벌써 그렇게 시간이 흘렀구나.

서혁이 무심히 생각하며 손끝으로 모서리를 훑었다. 여섯 살이던 윤이 어느새 스물네 살이 되었다. 그사이 자신도 열다섯 살의 소년에서 서른세 살의 남자가 되었다.

"천사님."

머릿속으로 어린 목소리가 스며들었다. 어려운 환경에서도 맑고 곱기만 했던 목소리. 티 없이 맑은 눈동자에 자신을 담고서 그렇게 불렀다.

이제 떠나게 되었으니 모두 다 끝이다. 그날의 기억도, 그날의 바람도.

완벽한 여자의 모습이 된 윤을 더 욕심내기 전에, 그 시커먼 욕심이 자신을 완벽히 잠식하기 전에 이곳을 떠나야 한다. 그래야 윤이 편안하게 살 수가 있다.

자신의 세계로 윤을 끌어들일 수 없다. 그러기에 윤은 너무도 평범하고, 착하며, 아름답다.

서혁이 아픈 표정으로 눈을 지그시 감았다. 미간이 좁아졌다. 그 순간 허락도 없이 문이 벌컥 열렸다.

생각에 잠겨 있던 서혁의 눈동자에 금세 예리한 빛이 맺혔다. 그의 고개가 비스듬히 기울어지며 무례하게 문을 열어젖힌 이를 응시했다.

"죄송합니다."

문을 열고 들어온 이는 태훈으로, 그의 오랜 심복이었다. 태훈은 스스로도 자신의 행동에 소스라치게 놀란 듯 몸을 잘게 떨었다.

이런 실수를 좀처럼 하지 않는 태훈이기에 서혁은 말없이 그를 응시하다가 시선을 내리깔았다.

태훈에겐 길게 말하지 않아도 된다. 조금 더 길게 응시하는 것이 어떤 의미인지 충분히 알아먹을 테니까.

"준비는?"

서혁이 낮은 목소리로 물었다.

"마쳤습니다."

"가자."

서혁이 책상을 돌아 빈 서재를 가로질러 갈 때였다.

"형님."

다급하게 부르는 소리에 서혁이 고개를 돌렸다.

"문제가 생겼습니다."

자신을 붙드는 태훈의 목소리가 심상치 않아 서혁이 걸음을 멈춰 세웠다.

"무슨 문제?"

서혁의 물음에 태훈은 갈등했다. 소식을 접하자마자 이곳까지 달려왔다. 그러나 정작 서혁의 앞에 서니 그 일을 전하는 것이 옳은 행동인지 가늠이 되질 않았다.

"무슨 문제냐고 물었을 텐데."

기다림을 참지 못하고 서혁이 서늘하게 물었다. 태훈은 곤혹스러운 표정으로 입술을 깨물었다. 뒤늦게 서혁이 이 사실을 전해 듣게 된다면 자신이 더 위험해질 수도 있다.

태훈은 고민 끝에 입술을 열었다.

"장례식장으로 가 보셔야겠습니다."

✳   ✳   ✳

구슬픈 비가 떨어지는 밤이었다. 윤은 텅 빈 눈을 바닥에 고정시킨 채 오후에 들었던 기상 예보를 떠올렸다.

날이 좋을 거라고 했다. 가족끼리 피크닉을 가기 좋은 날씨라고도 했던 것 같다. 그러나 기상 예보와 다르게 오후부터 비가 내리기 시작했다.

바람 한 점 없는 오후의 거리 위에 굵은 빗방울이 일직선으로 뚝뚝 떨어져 내렸고, 빗물이 흘러내리는 바닥엔 동생의 핏물도 함께 흘렀다.

윤은 생각만 해도 괴로운지 눈을 질끈 감았다. 하지만 아무리 눈을 세게 감아도 그 순간의 광경이 머릿속에 떠올랐다.

윤은 인적이 드문 길가에 우산을 쓴 채 서 있었다. 일차선 길 건너에 자리한 허름한 골목 귀퉁이에 동생은 한 남자와 마주 서 있었다.

윤을 발견하지 못한 주호는 그 남자에게 화를 내고 있었다. 심상치 않은 분위기에 윤은 아는 척을 할 수 없어 길 건너편에 우두커니 서 있었다. 두 사람이 헤어지면 다가가 무슨 일인지 물어볼 생각이었다.

그러나 끝내 물을 수 없었다. 주호가 화내는 것을 마치 남의 일인 양 물끄러미 바라보던 남자의 팔이 움직였고, 주호가 그 자리에 무릎을 꿇었다.

상황이 제대로 이해되지 않아 윤은 그 모습을 빤히 쳐다보았다. 무릎을 꿇은 주호에게서 시선을 돌려 주변을 살피던 남자와 허공에서 눈이 마주쳤다.

섬뜩하리만큼 냉정한 표정의 남자가 윤을 빤히 주시하다가 얼굴을 구겼다. 조금은 곤혹스러운 듯, 조금은 귀찮은 듯.

그의 표정에 미미한 짜증이 걸리더니 발길을 그녀 쪽으로 돌렸다. 그의 움직임이 슬로우 모션을 건 것처럼 보였다.

낡고 오래된 외투가 살짝 벌어졌다. 그 속에 보이던 피처럼 선명한 붉은 니트, 푹 눌러쓴 챙이 긴 모자, 그 아래에 자리한 밀랍 같은 무표정. 단지 눈이 마주쳤을 뿐인데 등이 시릴 만큼 섬뜩했다.

윤은 눈조차 깜빡이지 못한 채 그 모습을 바라보았다. 그가 다가오고 있었다.

그의 손에 들린 것이 피 묻은 칼임을 깨달은 순간, 그가 멈칫하며 한 걸음 물러섰다. 경찰차가 다가오고 있었다.

그는 난처한 표정으로 주변을 둘러보더니 윤을 향해 입을 움직였다.

또 봐.

분명 그렇게 말했다. 남자는 뒷걸음질 쳤고, 이내 골목으로 사라졌다. 뒤늦게 윤은 제 손에 들린 우산을 놓쳤다.

그가 사라짐과 동시에 주호의 모습이 눈에 들어왔다. 빗물을 따라 피가 흘러내리고 있었다. 무릎을 꿇고 있던 주호가 바닥에 머리를 박은 채 쓰러져 있었다.

"주호야!"

뒤늦게 외치며 달려갔다. 그 비명 소리에 지나가던 경찰차가 멈춰 섰다. 어떤 후유증이라도 좋으니 살아만 달라고 빌었다. 하지만 그 바람이 무색하게 주호는 병원에 도착하기도 전에 숨을 거두었다.

주호와의 저녁은 끝이 났고, 윤은 홀로 장례식장에 남았다. 그 누구도 오지 않는 장례식장.

주호의 죽음을 알리기 위해 휴대폰을 확인해 보았으나 있는 거라곤 자신의 번호뿐이었다. 텅 비어 있는 그 주소록이 주호의 삶처럼 외롭고 쓸쓸해서 윤은 휴대폰을 끌어안은 채 오래도록 울었다.

왜 그렇게 외로운 삶을 택했을까.

왜 그렇게 자신의 동생은 서글프고 힘든 길을 택했을까.

왜 자신은 주호가 그 길을 가지 못하도록 말리지 못했을까.

윤이 낡은 상복을 거머쥐었다. 괴로움이 가슴을 치고 지나갔다. 수많은 후회가 돌처럼 가슴 위에 얹힌다.

윤은 얼굴을 구긴 채 치맛자락에 얼굴을 파묻었다. 소리 없는 비명이 숨소리가 되어 입술 밖으로 흘러 나왔다.

괴롭다. 괴로워서 심장이 터질 것만 같다.

쏴아아, 빗소리가 들리며 비바람이 몰아쳤다.

서늘하게 손등을 스치고 지나가는 바람 한 자락에 윤이 눈을 떴다. 맑은 눈동자에 고인 눈물이 뒤늦게 마른 바닥으로 툭 떨어졌다.

남자가 한 손에 든 검은색 장우산에서 빗방울이 후두둑 떨어져 내렸다. 빗방울이 흘러내리는 검은색 구두, 그에 비해 조금도 젖지 않은 검은색 정장 바지.

처음으로 찾아온 조문객을 보기 위해 윤이 고개를 들었다. 검은 정장 차림의 남자가 한 손에 우산을 든 채 서 있었다. 단지 들어섰을 뿐인데 분위기를 순식간에 점령한 남자는 느릿하게 시선을 들었다.

가로로 길게 뻗은 눈매, 꽉 다물린 일자 입술, 깎은 듯이 날카로운 턱 선, 생각을 읽어 낼 수 없는 표정.

그는 구두를 벗고 안으로 들어섰다. 뒤늦게 상황을 파악한 윤이 자리에서 일어나다 말고 휘청거렸다. 순식간에 눈앞이 하얗게 변했다.

쓰러지려는 찰나, 팔을 붙드는 힘이 느껴졌다. 눈을 뜬 윤은 자신의 앞에 선 남자를 보았다.

윤이 입술을 깨물었다. 이런 모습은 보여 주고 싶지 않다.

마른 눈물자국을 손등으로 대충 훔쳐 낸 후, 서혁을 마주 보았다. 그의 검은 눈동자엔 어떤 감정도 담겨 있지 않았다.

"어떻게 오셨어요?"

"집에 들렀다가, 우연히."

그의 낮고 깊은 목소리가 내부를 웅, 하고 울렸다.

"아아."

윤은 사건 증거를 찾기 위해 경찰과 함께 잠깐 집에 들렀었다. 경황이 없는 그녀를 대신해 경찰이 집주인에게 살인 사건이 있었노라 이야기했다.

집주인은 이 일을 어떻게 하냐고 윤을 걱정하다 돌아서며 '재개발 구역이길 망정이지, 아니면 집값 떨어질 뻔했네. 어휴'라고 중얼거렸다.

그 말 앞에서 윤은 아무런 대꾸도 하지 못했다. 그저 금이 간 낡은 벽만 물끄러미 바라보고 있었을 뿐.

그가 자신의 집에 들렀다면 집주인에게서 소식을 전해 들었을 확률이 높았다.

"식사는?"

서혁이 물었다.

"했어요."

서혁은 윤의 초췌한 얼굴을 물끄러미 바라보았다.

하얗고 선한 윤은 자신이 걱정할까 봐 거짓말을 하는 중이었다. 윤의 성격에 이런 상황에서 식사를 할 리 없었다. 끼니를 거르는 게 습관이 된 윤이다. 그 때문에 자신은 밥을 먹을 때마다 윤을 떠올리곤 했었다.

그러나 서혁은 모르는 척했다. 자신을 배려하는 윤의 마음을 깨트리고 싶지 않았다.

"연락을 안 한 이유는?"

서혁이 윤의 마른 얼굴을 살피며 물었다. 그의 목소리엔 질책이 담겨 있었다.

"하려고 했어요, 내일쯤. 오랜만에 보는 건데 이런 일로 오게 해서 죄송해요."

윤이 고개를 깊게 숙였다가 들었다. 그런 윤을 서혁이 아픈 눈으로 바라보았다.

이런 일조차 미안해하는 윤의 모습을 볼 때마다 그답지 않게 답답함을 느꼈다.

"이건 미안해할 일이 아니야. 찾아와 줘서 고맙다고 인사할 일도 아니고."

"……."

"내가 여기 오는 건 당연한 거니까."

서혁의 침착한 말에 윤의 눈동자가 흔들렸다. 당연하다는 그의 말에 가슴이 요동쳤다.

"……네."

짜내듯 윤이 대답했다. 서혁은 눈을 내리깔고 있는 윤을 바라보았다.

길게 뻗은 속눈썹, 채 닦아 내지 못한 눈물방울이 그 속눈썹 끄트머리에 달려 있었다.

투명한 피부엔 슬픔이 가득 고여 있었고, 축 처진 어깨엔 상실감이 가득했다. 건드리면 흩어져 버릴 것 같다. 위태롭고 안타깝다.

서혁의 손끝이 밖으로 뻗었다가 다시금 안으로 말려들었다.

안 된다. 그가 스스로를 막아섰다.

"사장님."

태훈이 등 뒤로 다가왔다. 서혁이 고개를 비스듬히 기울였다.

"가실 시간입니다."

한곳에 오래 머무는 것은 위험하다. 더욱이 이처럼 탁 트인 곳에 대동한 사람이 태훈뿐이라면 더더욱.

그 사실을 잘 알고 있는 서혁은 가볍게 고개를 끄덕였다.

위험해지는 것은 자신뿐만이 아니었다. 자칫하다간 윤까지 위험해질 수 있었다.

"조심히 가세요."

눈치가 빠른 윤이 말했다. 철이 들면서 윤은 서혁을 붙잡지 않았다.

"그래."

서혁은 인사처럼 짧은 말을 한 뒤 돌아섰다. 그의 모습이 멀어졌다. 문을 밀고 나선 그가 검은색 장우산을 폈다. 빗줄기 속으로 걸어가던 그가 뒤로 돌아섰고, 그 찰나 문이 닫혔다.

다시금 진득한 침묵이 몸을 에워쌌다. 윤은 저도 모르게 어깨를 안으로 말았다.

춥다. 마음이 추운 건지, 몸이 추운 건지 모를 만큼 춥다.

다시 자리에 앉은 윤은 텅 빈 눈을 내리깔았다.

서혁은 검게 선팅된 창문 너머로 낡은 장례식장을 바라보

았다.

"설명해."

그의 명령에 운전석에 앉아 있던 태훈이 입을 열었다. 진즉에 설명했어야 할 일이었다. 그러나 오는 길에 서혁은 어떤 말도 듣길 거부했다.

단 하나밖에 생각할 수 없는 사람처럼 오래도록 입을 다물고 있던 서혁은 장례식장에 도착하자마자 잡을 틈도 없이 장우산을 펼쳐 빗속으로 걸어갔다.

빗줄기가 내리치는 검은 공간에 그는 순식간에 흡수되었다.

오는 길 내내 서혁이 뿜어내는 날카로운 기세에 몰려 있던 태훈은 뒤늦게 한숨을 내쉬며 그의 뒤를 따랐다.

그리고 윤의 상태를 눈으로 확인한 그는, 이전보다 조금 누그러진 상태였다.

"주호가 살해당했다고 합니다."

태훈이 입을 열었다.

"누구한테."

되묻는 목소리에는 고저가 없었다. 어떠한 감정도 읽히지 않는 그의 목소리가 오늘따라 유난히 섬뜩했다.

"자세한 상황은 파악 중입니다만, 주호가 신생 조직 밑으로 들어갔나 봅니다. 태수 조직에서 떨어져 나온 신생 조직이 세력을 확장하면서 사람을 무리하게 끌어당긴 모양입니다. 그러던 중에 싸움 좀 한다는 고등학생도 몇 명 영입을 했는데, 그 아이들을 껌으로 썼다고 합니다."

껌이라는 말을 하면서 태훈의 목소리가 잠시 가라앉았다.

껌은 씹다 뱉는다는 뜻으로 필요한 만큼 쓰다 버리는 인간을 말했다.

대체로 그 역할은 음지에서 용병짓을 하던 사람이 맡았는데, 용병을 쓸 만큼 자금의 여유가 없으니 고등학생을 감언이설로 꾀어내 껌으로 썼다는 말이었다.

문제는 쓰다가 필요 없어져 방출하는 게 끝이 아니라는 점이었다.

비밀이 유지되는 용병과 달리 고등학생은 믿을 수가 없으니 일이 끝나면 이런 식으로 처리하는 것이었다.

대략의 상황을 알아들은 서혁은 턱을 괸 채 흘러가는 창밖의 풍경을 물끄러미 응시했다.

"태수 주변을 다 뒤져."

"형님."

다급하게 그를 부른 태훈이 백미러로 서혁을 바라보았다.

시선을 느꼈는지 서혁이 고개를 돌렸다. 백미러로 눈이 마주쳤다. 날카롭게 뻗은 눈이 무감했다.

그는 이런 식으로 감정을 늘 숨기고 있었다. 어떤 생각을 하는지 도무지 알아챌 수 없었고, 그 때문에 서혁을 무서워하는 사람들이 대부분이었다.

오랜 시간 그를 보필해 온 태훈 역시 마찬가지였다. 그가 자신의 목숨을 살리지 않았다면 두려움에 진즉 떠났을지도 모를 일이었다.

"형님, 혹시 다른 생각 중이시라면……."

태훈이 조심스럽게 말을 꺼냈다.

"시키는 대로 해. 그리고 장례식장에 사람 붙여. 쓸 만한 놈으로."

그가 더 이상의 간섭은 사양한다는 듯 차갑게 말을 잘랐다.

"네."

태훈은 짧게 대답하며 시선을 앞으로 고정시켰다. 굵은 빗방울이 창문을 끝없이 가렸다. 이 비가 내리는 걸 처음 보았을 때 태훈은 생각했었다.

떠나는 길이 만만치 않겠다고. 질척거리는 비에 발목이 붙잡힐 수도 있을 것 같다고.

지금은 그 생각이 바뀌었다.

그를 붙잡은 것은 비가 아니라, 윤이었다.

❋   ❋   ❋

우두커니 앉아 시간을 흘려보내던 윤은 휘청거리며 자리에서 일어났다.

손목시계를 확인했다. 오후 3시. 장례식장을 관리하는 직원이 찾아올 시간이었다.

장례식장 비용을 아직 지불하지 못했다. 급한 마음에 지갑을 놓고 나왔다고 둘러댔지만, 윤에겐 장례식장 비용을 낼 만큼의 큰돈이 없었다.

어떻게 해야 하나.

윤이 입술을 씹었다. 사람은 태어나서 죽을 때까지 돈이라고 했던가.

돈 걱정에 아버지의 죽음을 마음 놓고 슬퍼할 수 없었다던 친구의 말이 불쑥 떠올랐다. 그 말이 새삼 가슴을 파고든다.

어떻게든 돈을 구해야겠다는 생각에 윤은 휴대폰을 들고 장례식장을 벗어났다. 돈 걱정을 하는 자신의 모습을 주호에게 보여 주고 싶지 않았다.

차가운 대리석 벽에 기대서서 주소록을 훑어 내리던 윤은 때마침 다가오는 직원을 발견했다. 윤의 마른 어깨가 긴장했다.

어떤 변명을 해야 할까. 조금만 기다려 달라고 말할까.

오늘까지 지불해야 입관할 수 있다고 했다. 윤이 휴대폰을 꽉 움켜쥐었다. 그사이 직원은 윤에게 가볍게 목례를 한 후 스쳐 지나갔다. 뭔가 이상함을 느낀 윤이 돌아섰다.

"저기요."

"네."

"저기…… 장례식장 비용은……."

먼저 말문을 열긴 했지만 윤은 고민했다. 뒷말을 채 잇지 못하는 윤을 보며 직원이 의아한 표정을 지었다.

"내일 오전 중으로 지불하도록 하겠습니다. 그러니까 조금만 더 시간을 주세요."

맑은 눈동자에 간절함이 어렸다. 보는 사람이 철렁할 정도로 선한 윤의 눈망울에 직원은 난처한 표정을 지었다.

"무슨 말씀이신지요? 비용은 모두 지불하셨습니다."

"네?"

윤이 깜짝 놀란 얼굴로 직원을 바라보았다.

"오전에 남자분이 지불하고 가셨습니다."

"남자분이라면, 혹시 이름을 알 수 있을까요?"

"정확히 기억은 나지 않지만 유서혁이라고 했었던 것 같네요."

"……유서혁."

윤이 그 이름을 작게 중얼거렸다. 직원이 가볍게 목례를 한 후 스쳐 지나갔다.

윤은 그 자리에 우두커니 서서 그의 이름을 다시 한 번 중얼거렸다. 그의 이름이 가슴을 서걱, 하며 베고 지나간다.

그의 이름은 늘 이렇다. 한 번 읊조리는 것만으로 시리고, 아프고, 끝내 저리게 만드는.

윤이 고민 끝에 휴대폰을 꺼내 들었다. 한참을 액정 위에서 서성거리던 윤의 손끝이 번호판을 눌렀다. 귀에 가져다 대자 몇 번의 신호음이 지난 후 남자의 목소리가 들렸다.

—어.

짧게 답하는 목소리에 저린 가슴이 울렁거린다.

"장례식장 비용, 대신 지불하고 가셨다는 거 이제야 들었어요. 감사하고, 또 죄송해요. 월급 들어오는 대로 꼭 갚겠습니다."

—그럴 필요 없어.

"아니에요. 늘 받기만 하는데 이런 걸로 또 신세를 질 수는 없어요."

—너한테 주는 거 아니야. 주호한테 주는 거야.

"……."

—그러니까 거절하지 마.

그의 목소리가 거절할 수 없을 만큼 단호했다. 주호에게 주는 서혁의 마지막 선물. 그렇게까지 말하는데 더 이상 거절할 명분이 없었다.

"……네. 그럼 주호를 대신해서 말씀드릴게요. 정말 감사합니다."

—그래.

"네, 감사합니다."

대화가 모두 끝났다. 그러나 그 누구도 전화를 끊지 않았다. 낮은 숨소리가 들렸다. 숨소리에 맞춰 심장이 뛴다. 쿵, 쿵.

윤은 휴대폰이 동아줄이라도 되는 양 두 손으로 꽉 잡았다.

—끊을게.

한참 만에 그가 말했다.

"네."

전화가 끊어졌다. 윤은 벽에 기대섰다. 그에게 또 도움을 받고 말았다. 어린 시절엔 스무 살이 넘으면 그에게 보답할 수 있을 줄 알았는데, 스물넷이 된 지금도 자신은 여전히 서혁의 도움 아래에 있었다.

윤은 지친 몸을 끌고 텅 빈 장례식장으로 들어섰다.

✳   ✳   ✳

장례식장에 찾아오는 이는 손에 꼽을 정도로 적었다. 서혁과 고아원 수녀님들, 주호의 오랜 친구 둘이 전부였다. 그들이 있다가 간 후엔 마음이 더욱 시렸다.

사람의 온기 한 점 없는 텅 빈 공간에 우두커니 남은 윤은 주호와의 추억을 곱씹다 피식 웃었고, 그러다 왈칵 울음을 터트리기도 했다. 널뛰는 감정이 모두 끝나갈 무렵, 입관이 진행되었다.

모든 장례식 절차를 마친 후, 윤은 집으로 돌아왔다.

2층에 자리한 방 두 칸짜리 집은 재개발 구역의 다세대 주택에서도 가장 위쪽에 자리하고 있었다. 흔히 부르는 달동네였다.

재개발이 점차 구체적으로 진행되면서 동네 사람들이 많이 떠났다. 이제 밤중에 불 켜진 집을 찾기가 힘들 정도였다.

낡은 자물쇠에 열쇠를 꽂아 돌릴 때였다.

"아가씨."

몸을 돌리자 집주인이 계단에서 올라오고 있었다.

"안녕하세요."

"아휴, 얼굴이 반쪽 된 것 좀 봐. 동생은 잘 보내 줬어요?"

"네."

"마음 아프겠지만 이미 간 사람 어쩌겠어. 잘 가라고 빌어 주는 수밖에 없지."

“네.”

윤은 무감하게 대답했다. 어떤 위로도 가슴에 와 닿지 않았다. 지친 윤의 안색을 살피던 집주인은 난처한 표정으로 뒷목을 긁적거렸다.

“하실 말씀 있으시면 하세요.”

“말을 어떻게 해야 할지 모르겠네.”

“말씀하세요.”

“우리 동네가 재개발되는 거 알죠? 우리도 그만 버티고 이사 가려고. 그래서 말인데 아가씨도 슬슬 이사를 가 줬으면 해서. 사실 우리가 여태껏 아가씨 사정 많이 봐줬잖아. 안 그래? 이 가격에 이 정도면 오래 살았지. 아가씨도 이사 비용 줄 때 그만 이사 가요. 내 말, 섭섭하게 듣는 거 아니죠?”

“무슨 말씀이신지 잘 알겠습니다.”

윤은 대충 예상하고 있었는지 별다른 말 없이 고개를 끄덕였다. 윤이 수긍하자 아줌마는 일주일 내로 부탁한다는 당부의 말을 남긴 후 계단을 내려갔다.

낡은 대문을 열고 들어간 윤은 잠시 멈칫했다. 집이 엉망진창이었다. 쏟아져 있는 서랍장, 여기저기 흩어져 있는 옷, 바닥이 보이지 않을 만큼 어수선하게 널린 물건들.

경찰에게 조사차 협조를 바란다는 말을 듣긴 했어도 이렇게 엉망진창으로 만든다는 말은 들은 적이 없는데. 조사가 아니라 무언가를 찾기 위해 집 안의 모든 물건을 샅샅이 뒤진 느낌이었다.

윤은 고개를 갸웃거리며 일단 집 안으로 들어섰다. 가방을 내려놓은 후 앉을 공간을 겨우 마련한 윤은 늘어져 있는 물건을 정리하기 시작했다. 차라리 이렇게 움직여야 할 일이 있다는 게 다행이었다.

짐을 챙기던 윤의 시선이 동생의 일기장을 향했다. 주호의 방에 있어야 할 물건인데 자신의 방까지 와 있었다.

왜?

윤은 모호한 얼굴로 주호의 일기장을 쳐다보았다. 봐도 될까. 실례가 아닐까. 잠시 고민하던 윤이 일기장을 넘겼다. 가장 최근에 쓰인 부분으로 종이가 넘어갔다.

가만두지 않을 거다, 이 개새끼들. 날 우습게 봐? 내가 널 죽이고야 만다.

있는 힘껏 갈겨 쓴 글씨를 알아보는 데 한참이 걸렸다. 분노가 여실히 느껴지는 글자 앞에서 윤은 숨을 죽였다.

주호에게 무슨 일이 있었던 걸까. 늘 웃으면서 출근하고 귀가하던 주호였다. 조금 험한 사람들 아래에서 일을 한다고 했지만 편하고 착한 형님들이라며, 걱정 말라고 이야기했었는데…….

윤의 눈동자가 흔들렸다. 손이 빠르게 일기장을 뒤적거렸다. 일기를 보는 윤의 얼굴이 차갑게 식어 갔다.

쾅, 쾅.

대문을 두드리는 소리에 움찔한 윤이 창백한 얼굴을 들었다. 언제 쥐었는지 모를 주먹엔 땀이 흥건했다.

"누구세요?"

윤이 떨리는 목소리를 가다듬은 후 물었다. 대답이 없었다. 자리에서 일어난 윤은 주인아줌마겠거니 생각하며 문 쪽으로 다가갔다. 그러다 반투명 유리에 비친 거대한 남자의 형상에 걸음을 뚝 멈추었다.

주인아줌마는 과부다. 아줌마를 대신해 올라올 아들도 없다. 그렇다면 저 남자는 누굴까. 멈춰 선 윤을 투시해서 보기라도 할 것처럼 남자가 반투명 유리 쪽으로 다가왔다. 남자의 얼굴이 어렴풋이 보였다.

쾅, 쾅.

그는 반투명 유리에 얼굴을 바짝 갖다 댄 채 장난치듯 문을 두드렸다. 섬뜩함에 윤이 주춤거리며 한 걸음 물러섰다. 온몸의 신경이 바짝 곤두섰다.

"……누구세요?"

"안녕."

"……."

"날 잊었나 봐. 또 봐, 이러면 기억날까?"

문 너머에서 들리는 익살스런 목소리에 발끝부터 소름이 쫙 끼쳐 올랐다. 동시에 윤은 비가 내리는 거리에 서 있는 듯했다.

주호의 배에 칼을 쑤셔 박은 후, 자신을 곤혹스러운 얼굴로 쳐다보던 남자. 이내 결심한 듯 다가오던 남자의 얼굴을 윤은 기억하고 있었다.

남자의 생김새에 대해 자세히 경찰에게 이야기해 두었다. 경찰은 주변을 샅샅이 뒤지고 있으니 걱정 말라고 했었다. 얼마 안 가 잡힐 거라고 했기에 이렇게 찾아올 거라곤 생각지도 못했다.

어떻게 이 집 주소를 안 걸까. 주호와 알고 지내던 사이였을까. 주변을 감시한다던 경찰들은 뭘 하고 있는 걸까.

윤이 주춤거리며 뒤로 물러섰다. 황급히 방으로 들어가 휴대폰을 찾아 뒤적거렸다. 손이 덜덜 떨려서 물건이 새어 나갔다.

"어디 갔지, 내 휴대폰. 휴대폰."

윤이 주문을 외우듯 중얼거리며 방 안을 샅샅이 훑었다. 물건이 여기저기 늘어져 있어서 휴대폰이 보이지 않았다. 절박한 얼굴로 제발, 이라고 읊조리는 사이 달칵거리며 문이 흔들리기 시작했다.

문 밖에서 '또 봐'라는 말이 연거푸 들렸다. 장난치듯 노래를 부르는 듯한 그 말을 따라 문이 점차 거세게 흔들렸다. 낡은 문은 얼마 못 가 부서질 것 같았다.

자리에서 벌떡 일어난 윤은 일단 방문을 걸어 잠갔다.

핸드백을 뒤집어 탈탈 털었다. 마지막에 휴대폰이 뚝 떨어졌다. 그녀는 휴대폰을 들었다가 절망했다. 배터리가 방전되었는지 전원이 꺼져 있었다. 남은 건 주호의 휴대폰뿐이었다. 덜덜 떨리는 다리를 반쯤 끌고서 테이블로 향할 때였다.

쾅! 대문이 열리는 소리에 윤의 심장이 동시에 내려앉았다. 손을 뻗어 주호의 휴대폰을 잡는 순간 쾅 소리와 함께 방문이 열렸다. 숨이 멎었다. 모든 감각이 등 뒤로 쏠렸다. 죽음처럼 진득한 침묵이 흘렀다.

윤이 서서히 손가락을 움직여 바닥에 놓인 빗을 들었다. 쓸 만한 무기라곤 허접한 이 빗밖에 없었다. 많이 부족해 보이긴 하지만, 지금은 이거라도 필요했다. 손 놓고 당할 수만은 없었다.

"안녕?"

밝은 목소리에 심장이 내려앉았다. 섬뜩한 불안함에 목이 바짝 조였다.

"내가 또 보자고 했지?"

그 남자였다. 자신을 찾아온 이유를 묻지 않아도 알 수 있었다. 자칫하다간 죽는다.

윤이 마른침을 삼키며 반대 손의 엄지손가락으로 휴대폰 액정을 훑었다. 눈을 내리깔아 액정을 바라보았다.

112. 딱 세 개의 숫자만 누르면 된다. 빠르게 주소를 부른 후, 틈을 찾아 도망치면 된다. 살 수 있다.

윤이 억지로 침착함을 유지하며 머릿속으로 계획을 세웠다.

"어디 딴짓을 하려고."

"악!"

남자가 윤의 머리채를 잡아챘다. 목이 뒤로 확 꺾였다. 일순 숨이 컥 막혔다. 윤이 반사적으로 빗을 휘두르려고 할 때였다.

"억!"

낯선 비명 소리에 윤이 돌아섰다. 남자의 머리를 밟은 검은 구두가 보였다. 고개를 든 윤은 그가 서혁과 늘 함께 다니는 태훈이라는 것을 깨달았다.

서 있었다면 주저앉을 뻔했다. 살았다는 안도감에 심장이 바닥으로 곤두박질쳤다.

"조용히 데려가."

뒤이어 찾아온 남자들에게 태훈이 말했다. 그들은 고개를 숙인 후 태훈의 발아래에 밟혀 있는 남자를 끌고 사라졌다.

"감사합니다."

윤이 넋이 나간 표정으로 중얼거렸다. 그런 윤을 태훈이 안쓰러운 눈으로 바라보았다.

"일어나시죠."

"네?"

"사장님이 모시고 오라고 하셨습니다. 죄송하게도 시간은 길게 못 드립니다. 20분 드릴 테니 필요한 짐만 간단히 챙기시죠."

"아뇨, 저는……."

"이런 일이 한 번으로 끝나진 않을 겁니다."

"……."

또 일어날 수도 있다고 태훈은 날카롭게 경고하고 있었다.

서혁에게 신세를 질 순 없었지만 방금 전의 일을 또 겪을 자신이 없었다. 반투명 문 너머로 보이던 실루엣과, 섬뜩하게 들리던 장난스런 목소리.

낡은 이 집에서 시체로 발견될 자신의 모습을 상상하니 버틸 수가 없었다.

"사장님이 괜찮다고 하셨습니다."

부들부들 떠는 윤이 가여웠는지 태훈이 다독이듯 한마디 덧붙였다.

"알겠어요. 조금만 시간을 주세요."

마음을 굳힌 듯 건네는 윤의 말에 태훈은 방에서 나갔다. 윤이 편하게 짐을 챙길 수 있도록 한 배려였다. 홀로 방에 남은 윤은 깊은 한숨을 내쉬었다. 괜찮은 척했지만 지금도 심장이 거세게 뛰었다.

왜 자신을 죽이려고 한 걸까? 살인 현장을 봤기 때문에? 방금 태훈에게 끌려간 그 남자는 어디로 가는 걸까? 그 남자가 잡혀 간다면 이제 안전하지 않을까? 그렇다면 자신은 왜 짐을 싸고 있는 걸까?

수만 가지 의문이 꼬리에 꼬리를 물고 이어지다 마지막 질문에 닿았다.

자신은 정말로 죽기 싫어서 가는 것일까, 아니면 누군가가 보고 싶어서 가는 것일까.

그 질문에 닿자 짐을 싸던 윤의 손이 멈칫했다. 고개를 작게 가로저은 윤은 최대한 머릿속을 비운 채 짐을 챙기는 데 집중했다.

짐을 다 챙기고 나니 가방이 두 개 나왔다. 하나는 자신의 짐, 하나는 자신이 죽을 때까지 보관할 주호의 유품이었다.

윤은 태훈의 안내에 따라 차에 몸을 실었다. 낡고 오래된 집을 바라보던 윤은 이내 눈을 감았다.

낡은 계단 위에 앉아 자신에게 손을 흔들어 주던 주호의 모습이 떠올랐다. 이제 다시는 볼 수 없다.

장례식이 진행되는 내내 가슴에 새겨지도록 했던 생각인데도 불구하고, 또 가슴이 아렸다. 적나라한 사실은 상기시킬 때마다 아프다.

감고 있는 눈이 뜨거워졌다. 이내 그 좁은 틈 사이로 눈물이 주르륵 흘러내렸다.

　　　※　　　　※　　　　※

"윤은?"

서혁이 서재에 들어선 태훈을 보며 물었다.

"방으로 안내해 드렸습니다."

태훈은 윤을 서혁의 지시에 따라 주택 2층의 가장 마지막 방으로 안내했다. 같은 층이긴 하지만 니은 자로 꺾여 있는 데다 내려가는 계단이 달라 두 사람이 마주칠 일은 거의 없었다.

"상태는?"

"불안정해 보입니다만, 약물 치료가 필요한 만큼은 아닙니다. 필요하면 병원에 들르겠다고 하면서 아직은 괜찮다고 하셨습니다. 그리고 형님에 대해 물으셨습니다. 집에 계시냐고 하기에 계시긴 하지만 바쁘다고 일단 말씀드렸습니다. 그

외에 별다른 말은 없었습니다."

태훈의 말에 의자에 앉아 있던 서혁은 가볍게 고개를 끄덕였다. 잘했다는 뜻이었다.

열린 창문 틈으로 불어온 바람에 서혁의 머리카락이 날리었다. 생각에 잠긴 듯한 눈동자가 책상 모서리를 향한 채 꼼짝하지 않았다.

"알아낸 건?"

바람을 타고 건조한 목소리가 흘러갔다.

"일단 주호를 죽인 범인을 잡긴 했습니다만, 입을 열지 않습니다. '나 말고도 물건을 찾기 위해 그쪽에서 계속 사람을 보낼 거다'라는 말만 반복하고 있습니다."

"물건이라는 건?"

"휴대폰이라고 합니다."

"그 휴대폰은?"

"확인한 바로 윤의 손에 있습니다. 그 휴대폰을 윤이 가지고 있는 한, 녀석들은 계속 찾아올 겁니다."

"휴대폰에 뭐가 있는지 확인해 봤어?"

"아직 거기까진 확인하지 못했습니다. 달라고 해야 하는데 받아 낼 만한 변명거리가 없어 생각 중입니다. 사실대로 설명하기엔 정신적인 충격이 클 것 같아 그 방법은 최대한 뒤로 미루고 있습니다."

서혁이 손끝으로 책상을 두들겼다. 생각에 잠긴 듯 그의 눈이 가늘어졌다.

주호가 몸을 담고 있던 조직은 신생 조직이다. 신생 조직은 검찰의 타깃이 되기 쉬워 최대한 조심해야 했다.

그런 와중에 윤이 주호의 현장을 목격했다. 그들은 어떻게든 윤을 처리할 확률이 높았다. 미리 사람을 몇 명 붙여 놓지 않았다면 윤은 그녀의 집에서 죽었을지도 모른다.

태훈은 생각에 잠긴 서혁을 물끄러미 바라보았다. 그는 본래 며칠 전 한국을 떠났어야 했다.

냉철한 성격과 빠른 판단력으로 조직을 잘 이끌고 있었지만, 그는 조폭의 삶을 누구보다 싫어했다. 결국 사업장 대부분을 정리한 후, 고위층을 상대로 하는 대부업만 이어 가고 있었다.

그럼에도 다른 조직들이 서혁에게 손을 대지 못하는 것은 여태껏 해 온 일들이 많아 조폭들도 감히 덤비지 못하는 데다, 대부업을 하면서 고위층 간부들과도 많이 이어져 있기 때문이었다. 모든 일에 염증을 느낀 서혁은 대부업마저도 서서히 정리하고 있었다.

그리고 마침내 모든 걸 접고서 떠나려는 날, 발목이 잡혔다. 다른 사람도 아니고 윤이라는 강력한 족쇄에.

"물건을 돌려주면 윤이 살 수 있을 확률은?"

"그 녀석 말에 의하면 반반이랍니다."

"네 판단은?"

"제 생각도 같습니다."

"배후가 누군지는 모른다……."

태훈이 서혁의 눈치를 슬쩍 보더니 조심스럽게 말을 건넸다.

"믿을 만한 사람에게 맡겨 두시고, 형님은 예정대로 캐나다로 가시는 편이……."

그가 사업장과 대부업을 정리하기 위해 얼마나 애를 썼는지 태훈은 알고 있었다.

대부업의 규모가 워낙 큰 탓에 절반 정도가 남아 있었지만 한국을 떠날 수는 있었다. 태훈은 예정대로 서혁이 사업을 정리하고 완전히 한국을 떠나 캐나다에서 살길 바랐다.

그러나 태훈의 권유에 서혁은 대답 대신 다른 말을 꺼냈다.

"저 그림, 어떻게 생각해?"

서혁의 시선이 벽에 걸린 그림에 닿았다. 태훈이 서혁의 시선을 따라 고개를 돌렸다.

날개가 불타고 있는 천사가 허공에서 떨어진다. 까만 침묵 아래에 웅크리고 있는 악마가 손을 뻗고 있다. 악마와 천사는 서로를 마주 본 채 묘한 얼굴을 하고 있었다. 그가 일본을 방문했을 때 구매한 그림이었다.

"어때 보이냐고 묻는 거야."

다시 한 번 이어진 서혁의 질문에 태훈은 잠시 그림을 바라보았다.

유채화의 거친 질감으로 둘러진 검은 배경, 그 속에 유일하게 빛나는 천사는 불타고 있다. 추락. 음산하고 끔찍해 보이는 광경임에도 어딘지 모르게 시선이 계속 머물렀다.

"잘 모르겠습니다."

태훈의 대답에 서혁은 아무런 말도 하지 않았다. 그는 한참이나 그 그림을 바라보았다. 그리고 마침내 입을 열었다.

"짐 풀어."

"형님."

태훈이 다급하게 서혁을 불렀다. 천천히 고개를 돌리자 짙은 검은색 머리카락이 스르륵 흘러내렸다. 날카롭게 뻗은 눈매가 무감하게 빛났다.

"짐 풀어."

"……."

"여기서 조금 더 머문다. 보낼 사람은 보내 주고, 찾을 사람은 찾고 가야지."

서혁의 말을 알아들은 태훈은 대답 대신 눈을 내리깔았다. 서혁은 윤을 해치려고 하는 조직을 뿌리 뽑을 생각이었다.

단순히 와해 정도가 아니라 다시는 일어서지 못하도록 잔챙이들마저 모조리 쓸어버릴 것이다.

쉽지 않겠지만, 끝내 해낼 것이다. 그가 부른다면 모여들이는 많았고, 설령 모이지 않더라도 그는 한다면 하는 사람이니까. 여태껏 그래 왔듯이.

다만 그의 계획에 변수가 생긴다면 그 이유는 이번처럼 윤, 그 여자일 것이다.

✳　　✳　　✳

선잠을 잔 윤은 창가에 희미하게 동이 트는 것을 보곤 자리에서 일어났다. 이 집에 온 지 반나절이 지났건만 서혁의 얼굴은커녕 머리카락 끝도 보지 못했다.

억지로 몸을 일으킨 윤은 거울 앞에 섰다. 눈과 얼굴이 퉁퉁 부었다.

선잠을 자는 와중에 꿈속에서 몇 번이나 주호를 보았다. 주호가 살아 있다는 소식에 기뻐하다가 잠에서 깼다.

검은 천장을 바라보다 그것이 꿈이라는 사실을 깨달을 때면 가슴이 덜컥 내려앉았다. 허한 표정으로 천장을 바라보다가 울컥하고 솟아오르는 울음을 힘겹게 뱉어 내야 했다.

오래전, 시골에 내려가던 중 교통사고가 났다. 부모님은 그 자리에서 즉사했고 기적처럼 자신과 주호만 살아남았다.

친척이 없어 보호시설에 맡겨진 윤과 주호는 서로를 애틋하게 챙겼다. 서로가 서로를 더 챙겨 주지 못해서 전전긍긍했다.

윤이 스무 살이 되던 해, 그녀는 대학 진학을 위해 보호시설에서 나와야 했다.

주호는 눈물이 그렁그렁하게 맺힌 눈으로 윤을 바라봤다.

"누나, 괜찮아. 나는 여기에 있을게. 여기 밥도 맛있고, 친구들도 많아서 괜찮아. 그러니까 조금만 기다려. 내가 어른이 되면 누나를 세상에서 제일 행복한 여자로 만들어 줄게."

눈물이 맺혀 있으면서도 주호는 제법 의젓하게 말을 했다. 결국 그 말을 한 후에 세상이 끝난 것처럼 펑펑 울었지만.

윤은 자신에게 부담을 주기 싫어서 주호가 그런 선택을 했다는 것을 알고 있었다. 고민 끝에 윤은 주호를 데리고 독립했다. 가족은 함께 살아야 한다고 생각했다. 경제적으로 힘들긴 했지만, 의젓한 주호가 있어서 행복할 때가 더 많았다.

욱하는 성질을 가진 주호는 성격과 달리 여자의 눈물 앞에서 한없이 약했고, 특히 윤의 눈물 앞에선 어쩔 줄 몰라 했다.

장난으로라도 윤이 우는 척을 하면 주호는 소처럼 커다란 눈을 깜빡거리다가 '누나, 사탕 줄까?' 라며 어린애를 달래는 듯한 말을 꺼내곤 했었다.

주호는 외로운 삶 속에 유일하게 기댈 수 있는 가족이었고 등불이었다. 그런데 그 등불이 하루아침에 소리 소문 없이 꺼졌다.

몇 번씩 꿈은 아닐까 생각했다. 그러다 마주한 차가운 현실 앞에서 윤은 주저앉아 울음을 터트렸다.

몇 번이나 더 울어야 적응하게 될까. 윤은 샤워기 아래에 서서 꾸역꾸역 울음을 참으며 생각했다.

힘겹게 샤워를 마치고 나온 윤은 챙겨 온 느슨한 흰색 니트와 짙은 남색의 장치마를 입었다. 똑똑 두드리는 문소리에 윤이 방문을 밀었다.

"식사하세요."

앞치마를 두른 인상 좋은 중년 여성이 웃으며 말을 건넸다. 윤은 쓰러질 것처럼 유약한 표정으로 중년 여성을 물끄러미 바라보다가 흐리게 웃었다.

"네, 감사합니다."

윤이 옅게 미소 지었다.

"가져다 드릴까요?"

"아니요, 제가 부엌으로 가서 먹을게요. 부엌이 어디죠?"

"이쪽으로 가셔서 직진하시면 돼요. 지금 사장님도 식사 중이시니까 오셔서 같이 드시면 되겠네요."

"네, 알겠습니다."

아줌마가 간 후 윤은 화장대 앞에 앉았다. 처음 왔을 때부터 놓여져 있던 화장대였다.

이 방은 누가 쓰던 방이었을까.

윤이 방 안을 둘러보았다. 주호 생각을 하느라 이 방의 정체에 대해서는 생각지 못했다.

자그마한 화장대, 하얀 시트에 레이스가 달린 침대. 밝은 톤의 벽지와 장판을 보면 여자의 방이 확실했다. 다만 이상한 것은 방이 지나치게 깨끗하고 모든 물건이 새것 같았다.

윤은 화장대 위에 놓인 드라이어로 젖은 머리를 말렸다. 초췌하게 마른 입술에 붉은빛의 립글로스를 발랐다. 조금 나아지긴 했지만 지친 기색은 숨길 수 없었다.

윤은 아줌마가 일러 준 방향대로 걸었다.

복도가 길게 이어져 있었다. 붉은색의 카펫이 깔려 있었고, 양쪽 벽은 흰색 대리석으로 둘러져 있었다. 언뜻 중세 시대의 인테리어 느낌이 났다.

오래전부터 이어져 온 고성의 느낌이라, 윤이 알고 있는 서혁의 취향과는 거리가 멀어 보였다.

서혁은 대체 무슨 일을 하는 사람일까.

사업을 한다는 말을 듣긴 했는데, 어떤 사업을 하기에 이토록 큰 집에서 지내는 걸까.

어린 시절부터 알아 온 그지만, 정작 무슨 일을 하는지조차 모르고 있었다. 그는 그에 대해 말해 주지 않았다. 윤도 무슨 일을 하는지에 대해 자세히 묻지 않았다.

알게 되면 그가 사는 세계와 자신이 사는 세계가 다르다는 것을 여실히 느낄 것 같아 겁이 났다.

윤이 천천히 복도를 훑어보았다. 자세한 건 알 수 없지만 구석구석 자리한 인테리어 물품이 고가라는 건 알아볼 수 있었다.

서혁은 커다란 식탁에 홀로 앉아 식사를 하고 있었다. 벽면에 난 커다란 차창에서 눈부신 빛이 쏟아져 내려 하얀 테이블보를 환하게 비추었다.

서혁은 흰색 셔츠를 입고 있었다. 소맷자락을 말아 올려 단단한 팔이 드러났다. 흰 셔츠만큼이나 하얀 피부, 그와 대조적으로 짙은 눈썹과 검은 머리카락이 눈에 띄었다.

"앉아."

식사를 하느라 알아채지 못한 줄 알았는데, 서혁이 말을 건네 왔다.

윤은 뒤늦게 앞에 차려진 식사를 보았다. 묽은 죽과 소화가 잘되는 반찬 위주였다. 입맛이 없었지만 자신을 위해 차려 놓은 음식이 아까워서 숟가락을 들었다.

"잘 먹을게요."

윤의 인사에 서혁이 고개를 들었다. 흰색 니트가 잘 어울린다. 흰색 니트 아래로 길게 늘어진 검은 머리카락도.

"당분간 여기서 머물러."

서혁이 말했다.

"아니에요, 괜찮아요. 경찰에 신고해 뒀고, 어제 태훈 씨가 범인도 잡았잖아요. 하루 정도 신세진 걸로 충분해요. 집으로 돌아갈게요."

그에게 더는 민폐를 끼치고 싶지 않았다. 윤의 단호한 표정을 보던 서혁은 숟가락을 식탁 위에 내려놓았다. 서혁은 허리를 곧게 편 바른 자세로 윤을 응시했다. 그의 눈빛은 무심한 듯하면서도 예리했다.

"곧 재개발된다며, 그 집."

"……."

"집 구하기 쉽지 않을 거야."

"……."

"남는 방을 주겠다는 거야. 어렵고 곤란한 일 아니니까 마음 편하게 지내."

"그래도……."

"많이 곤란하면 집안일을 도와. 정원을 가꾸든, 청소를 하든. 개인적으로는 네가 몸도 마음도 편히 쉬었으면 좋겠지만, 네 성격에 그럴 리는 없을 테니까."

윤이 곤란한 표정을 지었다. 서혁의 말은 틀린 것 하나 없었다. 그 집에서 나와야 했고 보증금은 몇 푼 되지 않았다. 이사 비용을 대고 나면 전세는커녕 월세 보증금조차 빠듯했다.

찬밥 더운밥 가릴 처지가 못 되었지만, 그렇다고 눈치 없이 서혁의 제안을 넙죽 받아들이기엔 미안했다.

잠시 고민하던 윤은 고개를 들어 서혁을 마주 보았다. 선량한 눈동자에 고즈넉한 빛이 고였다. 서혁의 눈이 갸름해졌다. 아프다고 느껴질 만큼 윤의 모습은 눈이 부시게 빛났다. 감히 자신은 손을 댈 수 없을 만큼.

"어렵게 생각할 거 없어."

서혁이 덤덤하게 말했다. 잠시 입술을 씹으며 고민하던 윤이 마침내 입을 열었다.

"그럼 이사 비용을 준비할 때까지만 신세지겠습니다."

윤이 다소곳하게 말을 건넸다.

"그래."

서혁이 자리에서 일어났다. 키가 큰 탓에 그의 얼굴을 보기 위해 윤은 한참이나 고개를 뒤로 젖혀야 했다. 그의 날렵한 몸이 빛에 고스란히 드러났다. 그와 눈이 마주쳤다. 온몸이 쩽했다.

윤은 숨을 멈추었고, 서혁은 눈을 가늘게 떴다.

"식사 마저 해."

영겁과도 같은 찰나가 지난 후, 서혁이 부엌을 가로질러 나갔다. 윤은 부엌문이 닫히는 소리를 듣고서야 서혁이 나간 곳으로 고개를 돌렸다. 문은 굳게 닫혀 있었다.

"후우."

윤은 뒤늦게 한숨을 내쉬었다. 숨이 멎는 줄 알았다. 언젠가부터 그와 마주하고 있으면 숨 쉬는 것조차 편치 않았다.

어렸을 적엔 이렇지 않았는데. 그의 팔에 매달린 적도 있었고, 그와 마주 웃었던 적도 있었다.

자신의 남루한 인생에서 가장 아름답고 빛나는 추억들.

어렴풋이 떠오르는 추억에 윤의 입술이 모처럼 늘어났다.

※　　　※　　　※

성처럼 거대한 집 주변으로 메타 세쿼이어 나무가 한 겹, 전나무가 한 겹 더 에워싸고 있었다. 공중에서 확인하지 않는 한, 외부에서는 보이지 않았다.

집으로 향하는 유일한 길을 남자 두 명이 경호하고 있었다. 검게 선팅된 차가 들어서자 두 명의 남자가 길을 비켰다. 반듯하게 정리되어 있는 길을 따라 올라가는 차 안에서 서혁은 태훈에게 물었다.

"움직임은?"

"아직까지는 없습니다. 아무래도 윤의 거처를 확인하지 못한 것 같습니다. 이쪽일 거라고는 아예 생각지도 못하는 것 같습니다."

"그렇게 생각하는 이유는?"

"윤을 데리고 올 때 따라오던 차를 따돌렸습니다. 당분간은 안전할 겁니다."

서혁이 눈을 지그시 감았다. 빚은 듯한 그의 얼굴이 고요했다.

그사이 텅 빈 공터 같은 마당을 가로지른 차가 문 앞에 멈춰 섰다. 서혁이 눈을 떴다. 차에서 내려 집 안으로 들어간 그는 방으로 들어서다 말고 멈칫했다.

뒤따르던 태훈이 의아한 듯 바라보았다. 갈색의 낡은 책상 위에 세 송이의 꽃이 담긴 꽃병이 놓여 있었다. 누구의 짓인지 묻지 않아도 알 법했다.

"오셨어요."

상냥한 음색에 서혁이 돌아섰다. 앞치마를 입은 윤이 미소를 지은 채 서 있었다. 서혁이 그 차림은 뭐냐는 듯 앞치마를 바라보다 미간을 구겼다.

"간단히 밑반찬을 만들고 있었어요."

밝게 대답한 윤은 서혁의 시선이 돌아간 곳을 따라 눈을 돌렸다. 이내 그가 무엇을 보고 있는지 알아채고는 말을 덧붙였다.

"꽃은 뒷마당에서 꺾어 왔어요."

아무것도 없는 황량한 앞마당과 달리 발길이 잘 닿지 않는 뒷마당에는 자그마한 정원이 자리하고 있었다. 그곳에서 시들기 직전의 들꽃 세 송이를 꺾었다.

죽기 직전에 누군가에게 아름다운 선물이라도 되었으면 해서. 꺾기 전, 꽃에게 사과하는 것도 잊지 않았다.

"사장님은 꽃을……."

태훈이 쓸데없는 짓이라는 듯 얼굴을 구긴 채 말하려 할 때였다.

"고마워."

서혁이 손을 들어 태훈의 말을 잘랐다. 서혁의 인사에 윤의 입술이 자그맣게 늘어나며 동시에 뺨이 붉어졌다. 어린 시절과 조금도 다를 것 없는 수줍은 반응과 깨끗한 눈동자에 서혁의 표정이 느슨하게 풀어졌다.

"무리해서 일하지 마."

서혁의 당부에 윤은 조금 더 짙은 미소를 지었다.

"감사합니다. 그래도 지금은 몸을 움직이는 게 좋아요."

몸을 움직이고 돌아다니다 보면 아픔을 잠시나마 잊을 수 있었다. 낯선 공간에서 새로운 일에 억지로 집중하고 있으면 주호가 죽은 것이 아니라 여행을 간 것처럼 느껴지기도 했다.

"저는 가 볼게요."

윤이 자그마한 두 손을 앞에 모은 채 고개 숙였다. 자박자박, 윤의 걸음걸이가 고요했다. 복도 모퉁이로 사라지는 윤의 모습을 끝까지 지켜보던 서혁은 꽃병으로 시선을 옮겼다.

"치우겠습니다."

등 뒤에 그림자처럼 서 있던 태훈이 말했다. 서혁은 꽃 알레르기가 있었다. 그 때문에 앞마당을 풀 한 포기 남기지 않고 쓸어 거대한 공터로 만들어 놓았다.

하지만 서혁이 손을 들어 그를 막았다.

"아니."

서혁이 꽃병으로 다가갔다. 하얀 손이 분홍 꽃잎을 어루만졌다. 잎이 촉촉하다. 얼마 만에 만져 보는 꽃잎인지 모르겠다. 조금 있으면 꽃잎에 닿았던 손가락을 타고 손등으로 붉은 반점이 번져 갈 거다.

아프고, 귀찮겠지.

"알레르기 약, 가져와."

서혁의 지시에 태훈이 가볍게 고개를 끄덕였다. 태훈이 방을 벗어날 때까지도 서혁은 꽃잎에서 손을 떼지 않았다.

벌써부터 손끝이 따끔해지면서 가려움이 몰려왔다. 그러나 하얀 햇살을 받고 선 그의 입술이 늘어났다. 느슨한 웃음을 지은 채 그는 들꽃을 바라보았다.

조금 아프고 귀찮아도 괜찮다.

지금은, 그래도 괜찮다.

❷

폐공장의 문이 끼익 소리를 내며 열렸다. 과거 단조 공장이었던 건물은 상당히 컸으나 오랜 시간 방치되어 허름했다.

여기저기 쳐져 있는 거미줄을 태훈이 장우산으로 제거했다. 텅 빈 실내로 쾅, 쾅, 문 두드리는 소리가 퍼져 나갔다. 검은 정장을 입은 두 남자의 걸음 소리가 그 소리에 묻혔다. 두 사람이 낡은 문 앞에 섰다.

"살려, 살려 줘! 살려 달라고!"

남자의 절박한 목소리가 문틈을 비집고 나왔다. 서혁은 무감한 시선으로 흔들리는 철문을 바라보았다.

한 평짜리 방. 화장실은커녕 발 뻗고 누울 공간도 없다.

주는 것은 물뿐. 창문도 없다.

사람이 가장 못 견디는 것은 신체적 고통이 아니다. 누구도 찾지 않는 곳에 갇혀 점차 메말라 가는 지루한 정신적 고통. 인간은 그 앞에서 한없이 나약해진다.

"열어."

서혁의 건조한 명령에 태훈이 철문의 중간 부분을 열었다. 구린내가 흘러나왔다. 화장실이 따로 없어서 여기저기에 배설을 한 모양이었다.

"살, 살려 줘! 아니, 살려 주세요!"

얼굴 하나만 겨우 보일 법한 좁은 구멍으로 남자가 얼굴을 들이밀었다. 윤을 죽이려고 했던 그였다. 서혁은 무릎을 접고 앉아 남자를 무감하게 응시했다.

"널 사주한 사람이 누구야."

"저는 중간 사람밖에 모릅니다. 저도 시키는 대로 했을 뿐이에요!"

"그럼 그 중간 사람은 어디 있어."

서혁이 건조하게 물었다.

"몰라요! 저는 돈만 받았을 뿐, 모릅니다! 정말입니다! 믿어 주세요! 여기서 제가 죽더라도 다른 놈들이 그 여자를 죽이러 올 겁니다."

"그쪽에서 여자를 죽이려고 하는 이유는?"

서혁은 이미 보고를 들어 알고 있었으나 한 번 더 물었다.

"그, 그 여자가 살해 현장을 봤으니까요!"

남자의 다급한 외침에 서혁의 입술이 길게 늘어났다.

"여기서 죽어 나간 새끼가 몇 명일 거라고 생각해?"

웃음과 달리 소름이 끼칠 만큼 냉랭한 목소리가 흘러나왔다. 남자의 얼굴이 하얗게 질렸다.

"다시 한 번 묻는다. 그 새끼들이 여자를 죽이려고 하는 이유는?"

서혁의 물음에 남자의 입술이 삐쭉거렸다. 자신이 누설했다는 것이 알려지는 순간 조직에게 살해당한다. 서혁이 미련 없이 자리에서 일어났다.

"휴대폰이요! 그 조직에서 그 새끼, 그러니까 주호라는 놈의 휴대폰을 찾고 있어요! 그 안에 봐서는 안 될 뭔가가 있는 모양이에요! 저한테도 휴대폰을 확인하면 죽여 버리겠다고 신신당부했어요! 아마도 그쪽에서는 그 여자가 주호 휴대폰을 모두 봤을 거라고 생각하는 모양이에요! 그래서 죽이려는 거예요!"

남자가 절박한 얼굴로 소리쳤다.

"그럼 네가 만나는 그 새끼는 어디 있지?"

"그건 정말 모릅니다!"

서혁의 미끈한 미간이 좁아졌다. 그는 차가운 얼굴로 자리에서 일어났다.

"닫아."

"아, 안 돼! 안 돼! 말했잖아! 난 다 말했다고! 이 새끼야!"

태훈이 남자의 얼굴을 발로 걷어찬 후 중간 문을 닫았다. 남자가 철문을 두드리며 발악을 시작했다. 죽여 버리겠다고 소리치다 말고 살려 달라고 애원했다. 철문이 쿵쿵거리며 흔들렸다.

"아무것도 나올 게 없습니다. 정말로 어디 있는지 모르는 것 같습니다."

"미끼로 써."

"네."

서혁의 명령에 태훈이 고개를 살짝 숙였다.

서혁은 일을 사주한 조직원이 어디 있는지 모른다는 남자의 말을 믿지 않았다.

한동안 억류했다가 풀어 주면 남자는 조직원을 찾아갈 것이다. 지금 당장 자신을 거두어 줄 곳은 거기밖에 없을 테니.

그러면 그쪽에서는 기꺼이 움직인다. 이 남자를 죽이기 위해. 그때 그들을 역추적하면 된다.

서혁의 걸음이 소리 없이 폐공장을 가로질렀다.

✳   ✳   ✳

윤이 침대에서 벌떡 일어났다. 하얀 이마에 땀방울이 송골송골 맺혀 있었다. 침대 귀퉁이를 잡은 채 숨을 헐떡거리던 윤은 손으로 이마를 짚었다.

꿈에서 주호가 죽었다. 또다시 눈앞에서 살해당했고 자신은 속수무책으로 그 모습을 지켜봐야만 했다. 끔찍한 악몽. 아니, 끔찍했던 사실.

땀인지 눈물인지 모를 것이 턱 끝에서 뚝뚝 떨어졌다. 윤은 손등으로 턱 끝의 액체를 닦은 후 무릎을 끌어안았다.

늪에 빠진 것처럼 지독한 현실이 질척거리며 발목을 잡았다. 시간은 흘러가는데 꼼짝도 할 수 없다. 그 시간에 갇혀 버린 것 같았다.

눈을 감으면 그 풍경이 훤히 드러났다.

쓰러져 가던 주호의 모습, 무기력하게 서 있기만 하던 자신의 모습, 그 모든 풍경을 가로지르던 긴 장대비. 습하고 비리던 비 냄새까지도.

비척거리며 자리에서 일어난 윤은 두툼한 외투를 걸쳤다. 밖에 나가서 찬 공기라도 마실 생각에 건물을 나섰다. 밤에 보니 건조하게 시멘트 처리가 되어 있는 정원이 더욱 을씨년스러웠다.

어쩌면 이 메마른 풍경이 지금은 더 나을지도 모르지. 자신은 회색빛인데 세상이 총천연색이면 그것도 가슴 아플 테니까.

윤은 천천히 정원을 걷다 말고 나지막한 턱이 있는 곳에 엉덩이를 대고 앉았다. 세운 무릎에 팔을 대고서 그 위에 얼굴을 파묻었다.

피곤해서인지 더 걷고 싶지 않다. 그렇다고 실내에 다시 들어가고 싶지도 않았다.

바람 부는 소리가 귓가를 스쳤다. 서늘한 바람이 옷자락을 들썩이게 만들고, 기억 자락도 들썩거리게 만든다.

"누나, 내가 부자 되게 해 줄게! 취직했어!"

주호의 신 난 목소리가 떠오른다. 그 말을 믿지 말았어야 했다.

"꼭 돈 많이 벌어서 우리 좋은 집으로 이사 가자!"

그 일이 어떤 일인지 조금 더 알아봤어야 했다. 어린 주호를 그토록 믿어서는 안 될 일이었다.

자책 뒤로 오늘 오후에 통화했던 경찰의 목소리가 떠올랐다.

"모르고 계셨어요? 이것 참 난감하구만. 보아하니 조폭 똘마니짓을 했던 모양입니다. 처음엔 제법 돈을 주니까 철석같이 믿었나 봐요. 다른 피해자 두 명은 아예 병신으로 만들어 놨던데, 진짜 몰랐어요?"

한심하다는 듯 건네는 경찰의 목소리에 윤이 고통스러운 듯 자신의 소맷자락을 꽉 움켜쥐었다.

주호의 죽음이 자신의 탓인 것만 같았다. 자신이 조금만 더 능력이 있었다면 주호가 돈에 집착하지 않았을 텐데. 자신이 조금만 더 힘든 내색하지 않았더라면 주호가 돈을 좇아 나쁜 곳에 몸담지 않았을 텐데.

자신이 조금 더 열심히 살았더라면…….

"고개 들어."

온몸을 조이는 무거운 정적을 차가운 목소리가 깼다. 머릿속을 에워싸던 수많은 잡음이 일순간 사라졌다. 시야로 깨끗한 신발이 들어왔다.

발소리가 들리지 않았는데 언제 여기까지 온 걸까.

윤은 고개를 들었으나 서혁을 쳐다보지 않았다. 젖은 얼굴을 보여 주고 싶지 않았다.

바지 주머니에 넣고 있던 손을 빼내 서혁은 윤의 턱을 들었다. 눈물에 젖어 있는 윤의 얼굴을 서혁이 물끄러미 바라보았다.

잠이 오지 않아 창가에 서 있던 서혁은 텅 빈 정원을 가로질러 가는 윤의 뒷모습을 보았다. 그녀가 쭈그려 앉아 고개를 숙이는 모습까지도.

톡 건들면 스르륵 녹아 버릴 것 같은 위태로운 모습에 서혁은 이곳까지 내려왔다.

"왜 울어?"

서혁이 건조하게 물었다.

"아무것도 아니에요."

"아무것도 아닌데 울어?"

속일 걸 속이라는 듯 그가 물었다. 윤이 입술을 씹었다. 마침내 얼굴을 구기며 상처를 뱉었다.

"내 탓 같아서요."

"뭐가?"

"주호요. 주호가 그렇게 된 게…… 제 탓 같아요."

"그렇게 생각하면 덜 슬픈가."

"아뇨."

윤의 입술이 파르르 떨렸다.

"죽을 것같이…… 아프고, 슬퍼요."

윤의 눈물이 턱을 쥔 서혁의 손바닥에 닿았다. 고작 물 한

방울일 뿐인데 손바닥이 묵직하다.

수많은 물방울을 품에 안고 있는 이 여자의 가슴은 얼마나 무거울까. 슬픔의 크기가 얼마나 되는지 잘 모르겠지만, 서혁은 윤이 걸을 수조차 없을 만큼 버거운 상태라는 것을 알아챘다.

"꽉 잡아."

서혁은 윤을 안아 들었다. 순식간에 허공에 들린 윤이 놀란 얼굴로 서혁을 바라보았다.

"내려 주세요."

윤의 애원에도 불구하고 서혁은 대답하지 않았다.

"제발요."

윤이 애원할수록 서혁은 그녀를 더 품으로 끌어안았다.

"가만히 있어. 떨어지면 다칠지도 몰라."

그의 말에 윤은 입술을 씹었다. 그의 손이 닿은 모든 곳이 화끈거렸다. 그에게서 은은한 향이 흘러나와 코끝을 스쳤다. 온몸이 바짝 긴장해서 숨을 제대로 쉴 수 없었다.

윤을 방까지 데리고 간 서혁은 그녀를 침대에 눕혔다. 윤의 가슴까지 이불을 끌어 올린 서혁은 침대에 걸터앉았다.

"눈 감아."

"……."

"옆에 있을 테니까."

"아니에요, 괜찮아요. 어린아이 아니에요. 혼자 잘 수 있어요."

"그만 말하고, 어서 자."

서혁은 갈 생각이 전혀 없었다. 오히려 다리를 꼬고 앉아 그녀를 물끄러미 바라보았다. 어둠을 머금은 서혁의 눈동자가 고집스럽게 빛났다.

서혁을 말로 이길 수 없다는 것을 안 윤은 눈을 감았다. 사위가 고요해졌다. 침묵 속에 억지로 잠을 청하던 윤은, 고민 끝에 입을 열었다.

"……주호, 실은 살해를 당했어요."

윤의 입술이 가늘게 떨렸다.

"알아."

그가 알고 있을 거라 어느 정도 예상하고 있었다.

"주호를 살해한 남자, 어떻게 하셨어요?"

"경찰에 넘겼어."

"어떻게 된대요?"

묻고 있는 윤이 괴로운지 얼굴을 구겼다.

"최대 형량을 받게 될 거야. 그렇게 만들 거고."

서혁은 사실과 다른 이야기를 하며 윤을 안심시켰다. 어차피 그는 얼마 못 가 죽게 될 것이었다. 일을 사주한 조직에 의해 살해를 당하든지, 자신에게 살해되든지.

"언젠간 출소하겠죠?"

윤이 여전히 눈을 감은 채 얼굴을 구겼다.

"그렇겠지."

서혁이 무심히 답했다.

"억울해요."

윤이 입술을 씹으며 괴로움에 부들부들 떨었다. 서혁은 윤이 보이는 낯선 표정에서 익숙함을 느꼈다.

분노, 자멸감, 상실감. 그런 얼굴은 이 세계에서 자주 볼 수 있는 것이니까.

서혁은 손을 들어 윤의 머리카락을 쓸어 넘겨 주었다. 부드러운 머리카락이 손가락 사이로 빠져나갔다.

"그래서 복수할래?"

"……."

"그 남자, 죽일 기회를 주면 죽일래?"

서혁의 목소리가 평소보다 낮고 고요하다. 마치 진심으로 제안하는 것처럼. 그의 목소리가 그녀가 '네'라고 대답하길 바라는 듯 은밀했다.

윤이 눈을 떴다. 그녀의 눈동자에 갈등이 어렸다. 이내 윤의 눈동자에 물기가 차올랐다. 윤이 고개를 작게 가로저었다.

"……아뇨."

"……."

"주호가…… 싫어할 거예요."

하루에도 몇 번씩 살해범을 자신의 손으로 죽이는 상상을 했다. 발기발기 찢어 버리는 상상을 하면서 실제로 이루어졌으면 좋겠다고 바라기도 했다. 그러나 경찰에게 끝내 그 남자가 어디 있는지, 어떻게 되었는지 묻지 못했다.

주호가 싫어할 테니까.

어둠 속에서 윤의 눈동자가 투명하게 빛난다. 서혁은 그 눈을 바라보았다.

어디서나 빛이 나는 여자. 보이지 않는 하얀 날개를 달고 있는 그 여자.

서혁이 입을 열었다.

"넌 착해."

천사처럼.

그래서 지금껏 바라보고 있을 수밖에 없었다. 윤이 조금만 못됐더라면, 자신의 제안에 '죽이겠다'고 말할 수 있는 여자였다면…… 그랬더라면 어땠을까.

그랬더라면 그녀를 움켜쥐고서 놓아주지 않았을 거다. 그녀의 등에 있는 날개를 잡아 뜯어 버리고 제 안에 묶어 버렸을 거다. 자신은 그렇게 할 수 있을 정도로 충분히 못된 놈이니까.

서혁의 눈동자에 깊은 감정이 내려앉았다.

"지금은 잊어버리고 자."

서혁이 손끝으로 윤의 턱을 당겼다. 깨물고 있던 입술이 스르륵 빠져나갔다. 다시금 주변이 고요해졌다.

살짝 열린 창문 틈에서 불어 들어온 바람에 서혁의 검은 머리카락이 물결처럼 흔들렸다. 서혁은 고른 숨소리를 내며 잠든 윤을 바라보았다.

서혁은 다시 한 번 생각했다. 윤이 살해범을 죽일 기회를 달라고 말했다면, 자신은 무어라 답했을까.

윤의 하얀 손에 칼을 쥐어 주진 않았을 거다. 윤에게 칼은 어울리지 않는다. 대신 죄는 자신이 지을 테니 형벌로 자신의 곁에 남아 달라고 했겠지.

그러나 윤은 끝내 살해범을 살려 두는 선택을 했다. 역시 자신이 사는 세상에 윤은 어울리지 않는다. 그녀는 밖의 환한 세상이 더욱 어울린다. 자신이 할 일은, 그녀가 환한 세상으로 나갈 수 있도록 돕는 것뿐.

서혁이 천천히 허리를 굽혔다. 차가운 바람을 머금은 그의 입술이 따스한 윤의 입술 위로 조용히 내려앉았다.

이 정도만 받을게. 네 죄를 대신하는 값.

✳   ✳   ✳

눈을 뜬 윤은 천장을 멍하게 바라보았다. 서혁을 빨리 내보내려고 잠든 척한 순간, 입술이 뜨거워졌다. 이후 입술 위로 번지는 숨결을 느끼고서야 그것이 서혁의 입술이라는 것을 알았다.

키스.

키스라는 이름이 민망할 만큼 가벼운 입맞춤이었지만, 윤은 그 후로 한숨도 이루지 못했다.

이게 무슨 의미일까.

밤새 생각해도 의미를 파악하지 못했다. 오랜 시간 만나 왔지만 서혁은 자신을 사랑하는 것 같지 않았다. 자신을 사랑한다면 손끝조차 닿지 않도록 거리를 두었을 리 없다. 만남도 잊을 만하면 얼굴을 비추는 정도였다.

그럼에도 자신은 오랜 시간 서혁을 짝사랑했다. 어느 날 가슴에 내려앉은 씨앗. 자신도 모르는 사이에 한껏 피어난 꽃. 숨 막히게 아름다워서 꺾지 못한 채 수년간 그 자리에 두고 바라보기만 한 꽃. 그 꽃이 자신에게 입을 맞췄다.

대체 왜.

한참이나 고민하던 윤이 자리에서 일어났다. 샤워를 마친 후 갈색 니트와 청바지를 입었다. 방을 나서자 복도를 지나가던 태훈과 마주쳤다.

은색 안경을 낀 그는 날카로운 인상을 갖고 있었다. 습관처럼 사람을 스윽 훑어보았고, 무표정한 얼굴엔 늘 경계심이 가득했다. 그의 경계에서 윤도 예외는 아니었다. 언제나 최악의 수를 생각해 두는 것이 태훈의 오랜 습관이었다.

"일어나셨습니까."

태훈이 무뚝뚝하게 인사를 건넸다.

"안녕하세요."

윤이 목을 숙여 인사를 건넸다.

"네. 평소보다 일찍 일어나셨군요. 식사 준비는 끝났을 겁니다. 그럼."

"저기요."

스쳐 지나가던 태훈이 걸음을 멈췄다.

"네. 말씀하세요."

"사장님은…… 어디 계신가요?"

"외출하셨습니다."

"벌써요? 어제 늦게 주무셨을 텐데……."

"사장님은 하루 3시간 주무십니다."

"아, 그렇군요."

윤은 알겠다는 듯 고개를 끄덕였다. 태훈이 가볍게 목례를 한 후 복도를 걸어갔다. 발소리가 들리지 않는다. 서혁처럼.

윤은 멀어져 가는 태훈의 뒷모습을 바라보다 식당으로 향했다. 거대한 홀은 텅 비어 있었다.

"안녕하세요."

윤은 주방으로 들어갔다. 며칠간 윤을 경계하던 세 명의
직원은 윤의 한결같이 다정한 모습에 이제는 제법 누그러진
태도를 보였다.

그중 윤은 밑반찬을 담당하는 가사 도우미와 가까워졌다.
이곳에서 일한 지 5년이 넘었다는 그녀는 누구보다 서혁의
입맛을 잘 알고 있었다. 밑반찬을 만들어야 할 그녀는 앞치
마를 벗고 있었다.

"어디 가세요?"

"응. 재료가 부족해서 사러 가려고. 근처에 큰 시장이 있
거든."

그녀의 말에 고개를 끄덕이던 윤이 시선을 창가로 돌렸다.
그러고 보니 한동안 밖을 나가지 않았다.

집은 어떻게 됐을까. 빠트리고 온 물건을 챙겨야 하는데.
이사 갈 집도 알아봐야 했다.

외출하고 싶은데 괜찮을까. 윤이 잠시 갈등했다.

아직도 누군가가 자신을 공격할까 봐 두려웠다. 그러나 주
호를 죽인 살해범은 이미 잡혔다고 했다. 더 이상 걱정하지
않아도 된다. 이곳에 더 머물렀다간 자립심을 영영 잃을 것
같았다.

"저도 같이 가요."

윤이 외출 준비를 마친 아줌마에게 말했다.

"같이 가게?"

아줌마가 의아하다는 얼굴로 그녀를 쳐다보았다.

"네. 시장 보는 거 도와드리고 제 볼일도 보려고요."

"볼일이 있어?"

"살 집을 알아봐야 할 것 같아서요."

"여기서 나간다고?"

벌써부터 아쉬운 표정을 짓는 가사 도우미를 따라 윤이 옅게 웃었다. 섭섭한 건 그녀도 마찬가지였다. 며칠 되지도 않았는데 벌써 정이 든 모양이었다. 그리고…… 윤의 시선이 서혁의 방이 있는 곳으로 향했다.

여기 오래 머물면 기대가 커질 것 같다. 서혁을 욕심낼 것 같다. 주제도 모른 채. 그는 자신이 욕심낼 만한 사람이 아니다.

윤이 옷자락을 꽉 움켜쥐었다. 무언가를 눌러 참는 듯한 얼굴로 서 있는 윤을 가만히 들여다보던 아줌마가 싱긋 웃으며 대답했다.

"그래, 그럼."

"감사합니다."

윤이 방긋 웃으며 아줌마를 뒤따랐다.

주호를 죽인 살해범이 풀려난 지 한 시간 만에 살해당했다. 임시 거주지처럼 보이는 건물로 들어선 남자에게 달아 놓은 도청 장치로 비명 소리가 넘어왔다. 순식간에 일어난 일에 서혁 측의 탐색원이 급습했지만 살해범은 이미 숨을 거둔 후였다.

엉망진창으로 늘어져 있는 물건 위로 쓰러진 시체에서 꾸역꾸역 검붉은 피가 흘러 나왔다. 살해범을 죽인 사람은 오간데 없었다.

탐색원들이 철수하며 태훈에게 이 상황을 보고했다. 소식은 차를 타고 귀가하던 서혁에게 전달되었다.

"집 안과 건물을 샅샅이 다 뒤져도 조직의 흔적을 찾을 수 없었다고 합니다. 죄송합니다."

태훈의 보고에 서혁은 시선을 태블릿 PC로 돌렸다. 탐색원이 찍은 사진을 확인하던 서혁의 시선이 한 장의 사진에 머물렀다.

"천장은?"

"천장까지는 확인하지 않은 걸로 압니다."

"내부에 머물고 있던 범인이 그 좁은 건물을 빠져나갔을 확률이 얼마라고 생각해?"

서혁이 건조하게 물었다. 태훈이 할 말을 잃은 듯 아무 대답도 하지 못하자 말을 이었다.

"출입구가 하나밖에 없는 건물이야. 창문도 사람이 빠져나갈 크기가 아니지. 옥상은 첨탑 형식. 올라간다고 하더라도 건너갈 건물이 주변에 없어. 내부에 잠입해 있다가 살인하고 다시 잠복하기 쉬운 곳이 어딜까?"

서혁이 손으로 턱을 쓸었다. 드물긴 하지만 킬러 중에 칼을 사용하는 사람들은 더러 천장을 활용한다. 특히 건물과 건물 간의 층이 넓은 경우엔 더욱 그러했다.

서혁의 손가락이 태블릿 PC 한 곳을 확대시켰다. 건물의 층간 사이가 넓다. 성인 남자 한 명쯤은 가볍게 숨을 수 있을 정도로 넉넉하다.

"미처 생각하지 못했습니다. 죄송합니다."

태훈이 난처한 얼굴로 사과했다.

"우리가 미행하고 있다는 걸 알고 있었어."

"그런 것으로 판단됩니다."

태훈이 착잡한 목소리로 대답했다.

상대는 굉장히 약삭빠르고 머리가 좋았다. 문제는 이익을 위해 어떤 짓이든 할 수 있다는 데 있었다.

고등학생을 싼값에 고용해 필요한 부품으로 사용하다 한

번에 죽었다. 사람 목숨을 껌보다 더 쉽게 여기는 조직은 상대하기 까다롭다. 도마뱀처럼 꼬리를 자르고 도망치는 것에 능했으니까.

서혁이 손끝으로 태블릿 PC 모서리를 톡톡 두들겼다. 생각에 잠긴 얼굴이었다. 백미러로 그 모습을 확인한 태훈은 서혁이 어떻게든 상대의 맥을 잡아 낼 거라 생각했다.

서혁은 어린 시절부터 조직을 위해 길러진 남자다. 태생부터 조직에 적합한 조건을 가지고 있던 사람이었고, 그것을 호원이 특화시켜 놓았다.

여태껏 수없이 겪은 험한 일로 단련이 되어 있는 그였다. 평소라면 이런 일쯤은 느긋하게 대처할 그였지만, 지금은 조금 날카로워 보였다. 서혁이 이토록 일을 빨리 해결하려는 이유는 하나뿐이었다.

신윤의 안전을 빨리 확보하는 것.

태훈은 신윤이라는 여자 때문에 서혁의 판단력이 흐려지지 않길 바랐다.

"윤은?"

서혁이 창밖을 보며 물었다.

"위치 확인 후 말씀드리겠습니다."

대화가 끊겼다. 태훈이 어딘가로 전화를 걸었다. 깊은 생각에 잠긴 듯 서혁의 얼굴이 고요해졌다. 그러나 얼마 못 가 그의 매끈한 미간이 좁아졌다.

어째서일까. 불편하다. 고요함 가운데 까끌까끌함이 느껴진다. 그는 생각보다 감이 좋았다. 이렇게 불안할 때면 무언가 좋지 않은 일이 일어나곤 했다.

서혁은 휴대폰을 손에서 내려놓지 못했다. 얼마 후, 그의 불안한 예감이 적중했다. 태훈이 다급한 목소리로 말했다.

"윤 아가씨가 없어졌습니다, 형님."

※　　　※　　　※

거대한 시장을 가로질러 걸어가며 윤이 눈동자를 빛냈다.

"아, 그래요?"

가사 도우미와 시장을 보는 동안 윤은 그녀로부터 신기한 이야기를 많이 들었다.

서혁이 좋아하는 음식, 식사 습관, 그의 외출 시간과 집에서 있었던 일들을 들을 수 있었다. 깊은 이야기는 아니었지만 자신이 모르는 서혁에 대해 듣는 것만으로 즐거웠다.

"사장님은 무슨 일을 하세요?"

윤이 조심스럽게 물었다. 사업을 한다고 들었지만 구체적으로 어떤 일인지 알지 못했다.

무슨 일을 하냐고 물으면 서혁은 애매하게 웃으며 '사업'

이라는 말만 한 후 입을 다물었다.

"나도 잘 모르겠어. 아가씨는 아는 거 아니었어? 나도 오늘 아가씨한테 물어보려고 했는데……."

아줌마가 되레 의아한 얼굴로 물었다.

"저도 잘 몰라서요."

"그렇구만. 그런데 아가씨는 우리 사장님이랑 무슨 사이야?"

아줌마가 궁금하다는 얼굴로 물었다. 그 질문에 당혹스러운 듯 윤이 눈을 크게 떴다.

"네?"

"사장님이 여자를 데리고 온 게 처음이라서 말이지. 사람들이 말은 안 해도 아가씨에 대해 많이 궁금해하고 있어."

윤은 자신이 걸어갈 때면 뒤따르던 사람들의 시선을 느꼈다. 그 시선의 의미가 이것이었나. 윤은 잠시 갈등했다.

그와 자신은 어떤 사이일까.

새삼 어젯밤 그의 키스가 떠오르자, 손끝으로 짜르르 전기가 퍼졌다.

"제 후원자예요."

윤이 어렵사리 말을 꺼냈다.

"후원자?"

"고아원 출신이거든요. 어린 시절부터 저와 제 동생을 챙겨 주셨어요."

윤이 어색하게 웃으며 대답했다. 그러고 보니 서혁은 과할 정도로 자신과 주호를 챙겨 주었다. 학비부터 생활비까지 많은 도움을 받았다.

그에게 꼭 두 배로 갚자고 주호와 약속했었는데. 이젠 이루어질 리 없는 과거의 약속이 가슴에 콕 박힌다.

"그랬구나. 내가 괜한 걸 물었네."

아줌마가 난처한 표정으로 중얼거렸다.

"아니에요. 아, 그런데 제 방 말이에요."

"응."

"여자 방인 것 같은데 누가 쓰던 방이에요?"

"아, 그거? 아가씨 들어온다고 사장님이 가구랑 새로 다 들여서 만든 방이야."

"……."

자신을 위한 방. 생각지도 못한 답변에 윤은 아무런 말도 하지 못하고 그저 눈만 깜빡였다.

커다란 집에 사는 사람이 별로 없어 장 볼 것도 별로 없다며 아줌마가 장바구니 안을 뒤적거렸다. 그러면서 한마디 꺼냈다.

"사장님이 아가씨를 많이 아끼나 봐."

"그런가요."

"그럼. 그렇지 않고서야 사장님이 여자를 집에 들일 리가 없지."

"아……."

"나는 이만 가 볼까 하는데, 아가씨는 어떻게 하겠어?"

"먼저 가세요. 저는 저희 집에 들러서 짐 좀 챙기고 갈게요."

"찾아올 수 있겠어?"

"네. 기억해 뒀어요."

윤이 웃으며 대답했다.

"혹시 못 찾겠으면 여기로 연락해. 내가 데리러 올 테니까."

"네. 알겠습니다."

아주머니가 멀어지는 것을 확인한 윤은 시장을 둘러보았다. 곧 서혁의 생일이다. 무엇이라도 준비하고 싶었다. 문득 시선이 초콜릿 바구니에 닿았다. 언젠가의 기억이 떠올랐다.

고등학교 수능을 앞둔 늦은 밤, 서혁이 찾아왔다. 그는 윤에게 초콜릿을 잔뜩 건네주었다. 이게 뭐냐는 듯 바라보는 윤에게 서혁은 '이걸 먹으면 행복하다며?' 라고 말했다.

언제나 그에게 받는 것이 미안했다. 윤은 고민 끝에 초콜릿을 까서 그의 입에 넣어 주었다. 잠시 얼굴을 구기던 그는 아무 말 없이 초콜릿을 녹여 먹었다.

뒤따라 자신도 초콜릿을 하나 까 먹은 윤은 서혁에게 생일이 언제냐고 물었다. 잠시 말문이 막힌 얼굴로 서 있던 그가 대답했다.

"오늘."

그날을 윤은 기억해 두었다. 그리고 이틀 후면 그의 생일이었다. 윤은 초콜릿을 한가득 샀다.

그가 그다지 초콜릿을 좋아하지 않는다는 걸 알지만, 매해 생일이면 서로에게 생일 선물로 초콜릿을 주곤 했다. 그들에게 초콜릿은 행복하라는 기원의 또 다른 의미였다.

초콜릿과 별개로 그에게 어울릴 선물을 찾아 시장을 서성거리던 윤은 누군가와 눈이 마주쳤다. 모자를 푹 눌러쓴 남자는 윤과 눈이 마주치자 시선을 다른 곳으로 돌렸다. 예리한 섬뜩함이 등허리를 날카롭게 베고 지나갔다.

기분 탓이겠지.

윤은 시장을 벗어나 백화점으로 향했다. 수중에 돈은 얼마 없었지만 넥타이 하나쯤은 사 줄 수 있을 것 같았다.

그에게 어울릴 넥타이를 찾아 뒤적거리는데 등 뒤가 따끔했다. 돌아선 윤은 낯선 남자와 눈이 마주쳤다. 위협을 당한 기억 때문일까, 누군가가 미행하는 기분이 자꾸 들었다.

윤은 애써 요동치는 가슴을 잠재운 후 넥타이로 시선을

집중했다. 띠리릭, 휴대폰이 울었다. 윤은 휴대폰을 꺼내 확인했다. 서혁이었다.

"네."

—어디야.

그의 목소리가 평소보다 날카롭다.

"백화점에 왔어요. 잠시 외출했거든요."

—어느 백화점.

"한성 백화점이요."

—몇 층?

"4층 H.I 코너에 있어요."

윤은 자신도 모르게 술술 대답했다.

—거기로 가고 있으니까 움직이지 말고 가만히 있어.

"이 근처예요?"

—그래. 그러니까 기다려.

통화가 끝났다. 윤은 갑작스레 벌어진 상황이 멍했다.

아직 집에 들르지 못했고, 새로운 집도 알아보지 못했는데. 그가 데리러 오면 모든 일이 수포로 돌아간다. 그러나 서혁이 온다는 말에 설레는 맘 또한 어쩔 수 없었다.

윤은 그가 시키는 대로 그 자리에 서서 주변을 둘러보았다.

월요일 오전의 백화점은 고요했다. 자신을 빤히 쳐다보는 직원의 눈길이 불편해 윤은 넥타이를 내려놓고 나왔다. 서혁을 기다리며 서 있는데 갑자기 등 뒤가 뜨끈했다.

"아휴, 이걸 어쩌나."

종이컵을 들고 있는 남자가 난처한 얼굴로 중얼거렸다. 윤이 외투를 벗었다. 외투가 커피로 축축하게 젖어 있었다.

"괜찮아요, 아가씨?"

남자의 물음에 윤은 난처한 얼굴로 끄덕였다.

"네. 외투가 두꺼워서 크게 데진 않았어요."

"이거 미안해서 어쩌나. 화장실 가서 닦아요."

윤은 잠시 갈등했다. 꼼짝하지 말고 기다리라고 한 서혁의 말을 지키고 싶었지만, 상황이 좋지 않았다.

외투에서 커피가 흘러내리고 있었다. 안에 입은 티셔츠도 점점 젖어 가고 있었다. 자신도 자신이지만, 옷에서 흘러내린 커피가 바닥을 적시고 있었다. 주변 점원들의 표정이 점차 험악해졌다.

"잠시 화장실 좀 다녀올게요."

"그래요. 다녀와요. 아가씨. 옷은 내가 꼭 배상해 줄게요."

윤은 가방을 어깨에 멘 채 화장실로 향했다. 난처한 얼굴로 세면대 앞에 서 있다 쏟아지는 물줄기에 커피가 묻은 외투 부분을 적셨다. 다행히 검은 옷이라 얼룩이 지진 않을 듯했다.

문제는 티셔츠였다. 잠시 고민하던 윤은 휴지에 물을 잔뜩 묻혀 화장실 제일 안쪽 칸으로 들어갔다. 티셔츠를 벗어 커피를 짜낸 후 물티슈로 옷을 닦았다.

달칵, 문이 잠기는 소리에 윤의 행동이 멈췄다. 저벅저벅, 낮은 발소리가 들렸다. 갑자기 신경이 곤두섰다. 여자라고 하기엔 투박한 발소리. 윤이 숨을 죽인 채 감각을 곤두세웠다.

"괜찮아요, 아가씨?"

웃음 맺힌 남자의 목소리가 들렸다. 이곳은 여자 화장실이다.

방금 문을 잠갔고, 그렇다면…… 일부러.

윤이 마른침을 삼키며 벗고 있던 티셔츠를 입었다. 천천히 가방을 뒤져 휴대폰을 무음으로 돌린 후 소리 나지 않게 액정을 두드렸다.

쾅! 화장실 문이 발길질에 세차게 열리는 소리가 들렸다. 윤의 손가락이 흠칫하며 멈췄다.

"아이구, 여기엔 없네."

놀리는 듯한 목소리. 누군가 목에 칼을 겨누는 것처럼 섬뜩했다. 윤은 마른침을 삼키며 더 빠르게 액정을 두드렸다.

〈살려 주세요. 4층 우측 여자 화장실이에요.〉

112에 문자를 전송한 윤은 고민 끝에 서혁에게도 같은 문자를 전송했다. 그사이 쾅 소리가 두 번 났다. 윤의 몸이 더욱 움츠러들었다.

"어디 있을까?"

여자 화장실 칸은 다섯 개. 벌써 세 칸이 열렸다. 윤은 화장실 문이 잠긴 것을 확인한 후 자신의 등으로 문을 막았다.

머릿속으로 수만 가지 생각이 스쳐 지나갔다. 서혁의 얼굴이 눈앞으로 아른거렸다. 바짝 마른 입술을 깨물며 윤은 숨죽였다.

쾅! 네 번째 문.

저벅저벅 이어지던 남자의 발소리가 마지막 칸에서 멈췄다. 윤이 숨을 멈췄다.

"여기 있겠네?"

남자가 장난스럽게 말했다. 쾅! 남자가 발길질했다. 화장실 문이 크게 흔들렸다. 문을 막고 선 윤의 몸이 요동쳤다.

윤이 입술을 꽉 깨물었다. 마른 입술이 찢어지며 핏방울이 맺혔다.

"문을 잠갔구나? 아가씨, 괜찮은지 보러 왔어. 문 좀 열어봐."

남자는 일부러 상냥한 목소리로 속삭였다.

"누구세요?"

윤이 알면서도 모르는 척, 잔뜩 경계한 목소리로 물었다.

"누구긴. 아까 아가씨 등에 일부러 커피 쏟은 남자지."

"괜찮아요. 가세요."

"이런, 이런. 그건 도리가 아니지. 얼마나 데었는지 봐야 하지 않겠어?"

"괜찮다니까요."

"내가 안 괜찮다니까."

금세 남자의 목소리가 낮아졌다.

"지금이라도 조용히 가면 신고 안 할 테니까 가세요."

윤이 침착한 목소리로 말했다.

"늦었어. 내 얼굴 봤잖아."

"기억 안 나요."

"꼭 그렇게 발뺌하더라. 조용히 입 닥치고 죽으면 될 것들이."

남자의 말에 윤의 심장이 거세게 뛰었다. 눈앞이 하얗게 변했다가 검게 변하길 반복했다.

죽음. 한 번도 생각해 보지 않은 단어가 코앞까지 다가왔다. 자신에게 왜 이러는 걸까. 무슨 일이 벌어지는 걸까.

"여기 여자 화장실이에요. 사람들이 이상하게 여길 거예요. 그러니까……."

"내 걱정 하지 마. 청소 중이라는 팻말까지 다 붙여 놨으니까."

남자의 말에 윤이 마른침을 삼켰다. 이 남자는 끝까지 자신을 물고 늘어질 생각이었다.

쾅! 남자의 발길질에 문이 휘어졌다. 몸이 들썩거리며 허리 쪽으로 알싸한 통증이 이어졌다. 입술 새로 비집고 나오는 통증을 참으며 윤이 억지로 몸을 버텼다.

"버티겠다?"

쾅! 다시 한 번 이어진 발길질에 문고리가 떨어졌다. 윤의 얼굴이 하얗게 질렸다.

"으윽!"

윤이 비명을 내지르며 주저앉았다. 발목에서 예리한 통증이 밀려들었다. 발목을 움켜쥔 손이 피로 젖어 갔다. 피 묻은 나이프가 창가에 스민 빛을 받아 반짝였다. 쾅, 하는 진동과 함께 윤의 몸이 화장실 구석으로 내동댕이쳐졌다.

"으윽."

문을 연 남자가 나이프를 흔들었다. 문틈으로 윤의 발목을 베어 낸 남자는 웃으며 쭈그려 앉았다.

"그렇게 좋게 문 열어 줬으면 예쁘게 죽을 수 있었잖아."

남자가 윤의 턱을 감싸 쥐었다.

"죽이긴 아까울 만큼 예쁘네."

남자가 장난스럽게 중얼거렸다. 윤은 피가 흐르는 발목을 움켜쥔 채 남자를 노려보았다. 그리고 남자를 밀치고 나갈 공간을 눈으로 계산했다.

아무래도 보이지 않는다. 설령 남자를 밀치고 나간다고 하더라도 이런 상태로는 무리다.

"눈 굴리지 마. 확 뽑아 버리기 전에. 넌 여기서 살아서 못 나가."

남자가 윤의 멱살을 거머쥔 채 벽으로 밀쳤다. 머리가 쿵 하고 부딪쳤다.

"웃, 대체 왜 이래요?"

윤이 어질한 시야를 억지로 붙든 채 물었다.

억울하고 분했다. 자신과 주호는 열심히 산 죄밖에 없는데, 어째서 모두 자신들을 죽이지 못해 안달일까.

윤의 눈동자에 핏발이 서면서 눈물이 차올랐다.

"그래, 이 표정이지. 이런 표정을 지어야 죽일 맛이 나지."

"대체 왜! 왜냐고! 나한테 왜! 주호한테 왜! 우리한테! 흡!"

"시끄러워."

남자가 윤의 멱살을 잡은 채 몇 번이나 벽에 들이박았다.

쾅! 쾅! 머리가 깨질 것처럼 아파 왔다. 이마에서 흘러내린 피로 시야가 모두 가려졌다. 흔들리는 시야에 멀미가 났다. 힘을 주려고 할수록 몸에서 힘이 점차 빠져나갔다.

이렇게 죽는 건가. 허망하게.

희미해진 시야로 '누나' 하고 외치는 주호가 보이고, 자신을 말없이 바라보고 있는 서혁이 보인다.

윤의 몸이 화장실 바닥에 축 늘어졌다. 남자는 갖고 놀며 휘두르던 나이프를 치켜 올렸다.

"억울하게 생각하지 마."

남자의 웃는 얼굴이 보였다. 힘이 다 빠진 윤은 눈을 감았다. 저 얼굴을 보느니 차라리 마지막으로 서혁의 얼굴을 떠올리는 게 나을 것 같았다.

이번 생일엔 초콜릿과 또 다른 선물을 주고 싶었는데.

윤의 감은 눈에서 눈물이 주르륵 흘러내렸다.

벽면에 축 늘어진 윤을 바라보던 남자의 입술이 삐딱하게 휘었다. 허름한 모자를 푹 눌러쓴 남자가 나이프를 핑글 돌려 편하게 거머쥐었다.

반항하는 쪽을 죽이는 것이 더 즐거운데, 기절이라니 아쉽게 됐다. 사람의 나약한 정신력이란.

혀를 끌끌 차던 남자가 쭈그려 앉아 윤의 배를 예리하게 훑었다.

아래에서 위로 그을까, 위에서 아래로 그을까. 어느 쪽이든 상관은 없다.

결정을 내린 남자가 나이프를 치켜들 때였다. 찰칵, 잠긴 문고리가 열리는 소리에 남자의 얼굴이 확 구겨졌다.

"어떤 씨발 새끼가. 짜증 나게."

다 된 밥에 재를 뿌리는 누군가를 해결하기 위해 남자가 자리에서 일어났다. 청소부라면 미리 훔쳐 놓은 용역업체 명찰을 보이면 된다.

남자가 입구 쪽으로 걸어가는 사이 화장실 문이 열렸다. 남자의 미간이 한곳으로 모였다.

검은색 코트, 차갑게 느껴지리만큼 하얀 피부, 냉담한 눈동자를 가진 서혁이 그곳에 서 있었다.

생긴 건 멀쩡한 놈이 화장실 구분을 못 하고 들어왔나 싶어 남자는 나이프를 등 뒤에 숨긴 채 웃었다.

"죄송한데 여기는 여자 화장실입니다."

서혁의 시선이 남자의 어깨 너머를 향했다.

하얀 화장실 바닥 위로 보이는 붉은 선혈. 너덜거리는 문마다 남아 있는 거친 발자국, 꽉 닫혀 있는 창문, 잔뜩 굳어 있는 공기의 흐름.

모든 상황을 눈으로 훑은 서혁이 화장실 안으로 걸음을 옮겼다. 남자가 덥썩 그의 어깨를 붙들었다.

"여기 여자 화장실이라고."

남자가 눈을 희번덕거리며 입술을 씰룩거렸다. 험한 환경을 살아온 티가 여실히 나는 그 얼굴을 물끄러미 바라보던 서혁이 마침내 입을 열었다.

"신윤이라는 이름을 알아?"

감정이 증발된 건조한 목소리를 듣던 남자의 볼이 경련했다.

"그 이름을 어떻게…… 악!"

쾅, 남자의 머리가 화장실 벽에 내리꽂혔다. 서혁은 무감한 얼굴로 남자의 머리채를 잡고서 화장실 벽에 내리눌렀다. 남자의 손에서 나이프가 툭 떨어졌다. 서혁은 그 나이프를 무심히 바라보며 손에 힘을 더 주었다.

"으윽, 윽!"

남자가 발악했다. 머리뼈가 모두 깨질 것 같았다. 남자의 발악을 듣던 태훈은 조용히 여자 화장실 문을 닫았다. 문에는 여전히 청소 중이라는 팻말이 달려 있었다.

태훈이 문을 막은 것을 확인한 서혁은 천천히 걸어갔다. 남자의 머리가 벽면에 쓸렸다.

"아악!"

마찰열로 얼굴 가죽이 모두 찢어질 것 같은 고통에 남자가 비명을 내질렀다.

서혁의 주먹이 허공을 갈랐다. 퍽 소리와 함께 남자의 입에서 붉은 피가 터져 나왔다. 비명을 내지른 남자는 다리에 힘이 풀려 비틀거렸다.

그럼에도 서혁은 남자의 머리채를 거머쥔 채 한 발자국씩 걸었다.

"아직 비명 지르지 마."

"으윽."

"멀었으니까."

마침내 서혁의 발길이 화장실의 마지막 칸에 도달했다. 좁은 공간에 윤이 구겨진 종이처럼 내팽개쳐져 있었다. 서혁의 손에 힘이 더욱 실렸다. 발끝으로 피가 모조리 쏠려 나갔다.

"……너 따위가."

창백해진 얼굴로 서혁이 남자의 머리채를 뒤로 젖혀 눈을 똑바로 바라보았다.

흠칫한 남자의 몸이 가늘게 떨렸다. 남자는 비명을 지르지 않았다. 여기서 소리를 내면 죽는다. 서혁의 창백한 눈동자가 그렇게 말하고 있었다.

쾅!

"으억!"

일어나자마자 서혁이 남자의 머리를 벽에 내리꽂았다.

쾅, 쾅, 쾅. 벽에 머리를 수없이 부딪친 남자의 몸이 축 늘어졌다. 벽을 타고 붉은 피가 뚝뚝 떨어졌다.

"사, 살려 줘."

처음으로 맛본 죽음의 공포에 남자의 몸이 바들바들 떨렸다. 이 사람은 진짜로 자기를 죽일 수도 있었다. 금방이라도 주저앉을 것 같은 남자를 바라보던 서혁이 웃었다.

그의 웃음에 화장실의 공기가 차갑게 갈라졌다. 섬뜩할 만큼 소름 돋는 웃음이었다.

"난 사람 안 죽여."

"으윽!"

머리가 벽에 점점 밀려들어 갔다. 이대로 머리통이 깨져 버릴 것 같았다.

"여기가 지옥인데, 왜 죽여."

"으으윽!"

"지옥에서 살아."

쾅! 서혁은 남자의 머리를 벽에 내던졌다. 벽면을 타고 남자의 몸이 주르륵 흘러내렸다.

"데려가."

서혁이 돌아섰다. 남자의 머리에서 핏물이 꿀렁꿀렁 흘러나왔다. 태훈은 화장실 문을 열고 밖에 포진하고 있던 둘을 불러 남자를 데려가도록 했다.

"윤 아가씨는……."

"내가 데려가."

서혁은 무릎을 굽혀 엉망진창이 된 윤을 안아 들었다. 축 늘어져 있는데도 가볍다. 밥을 먹긴 하는 건지. 서혁은 윤을 안아 든 채 화장실 밖으로 나섰다.

　태훈이 서혁의 방으로 들어와 보고했다.

　"말 나오지 않게 처리했습니다."

　"수고했어."

　서혁은 침대에 걸터앉아 잠들어 있는 윤을 바라보고 있었다. 의사의 말에 의하면 다행히도 윤은 발목의 상처와 타박상을 제외하곤 큰 부상을 입지 않았다고 했다.

　그보다 더 급한 것은 영양결핍이라며, 이대로 가다간 쓰러질 수도 있다고 했다.

　서혁의 시선이 붕대를 감은 가느다란 발목에 닿았다. 저 발목으로 걸어 다닌다는 게 새삼 신기하게 느껴졌다.

　"알았으니까 나가 봐."

　서혁이 윤에게 시선을 둔 채 말했다.

　"드릴 말씀이 있습니다."

　조심스럽게 꺼낸 태훈의 말에 서혁이 고개를 들었다. 감정을 내리누른 검은 눈동자가 아득하게 빛났다.

　"조사해 보니 그 녀석, 킬러라고 합니다."

　"소속은?"

　"프리입니다."

　무언가 생각이 난 듯 서혁의 눈이 가늘어졌다. 프리 킬러는 누군가에게 고용되었을 때만 움직인다. 고용주는 누군지 묻지 않아도 이미 알고 있다.

"그런데 문제는 한 놈에게만 의뢰한 게 아니라고 합니다."

"킬러시장에 내놨다는 거군."

서혁의 목소리가 착 가라앉았다.

"네. 여자를 죽이는 킬러, 휴대폰을 되찾아 오는 킬러에게 거액의 포상금을 주겠다고 했답니다. 다행히 윤이 아직까지 저희와 연관되어 있는 걸 모르는 것 같습니다만, 알게 된다면 어떻게 될지 모릅니다."

대부분의 사업을 정리한 서혁이다. 이런 와중에 그 누구도 서혁을 건드리지 않는 건 과거의 사건들과 그가 아직 완전히 발을 뺀 것은 아니기 때문이었다.

지금 당장에야 서혁에게 덤비는 대책 없는 짓을 벌이진 않겠지만, 만에 하나 생길 일이 문제였다. 전면전으로 일이 커질 경우 서혁에겐 대응할 세력이 얼마 남아 있지 않았다.

"사업을 다시 시작하시는 건 어떻겠습니까?"

태훈이 진지하게 말했다.

서혁이 대부업을 시작으로 다시 일대의 사업장을 회수한다면 전세는 역전될 수 있다. 태훈의 충고에도 서혁은 한참이나 대답하지 않았다.

그는 윤에게 시선을 돌리며 말했다.

"킬러시장에 소문 풀어. 여자와 내가 연결되어 있고, 그 휴대폰도 내가 갖고 있다고."

"형님."

태훈이 다급하게 그를 불렀다. 이 와중에 서혁이 나선다는 것은 일을 확대시키는 것밖에 안 된다. 더군다나 서혁은 사업장을 회수할 생각이 전혀 없어 보였다.

대체 왜.

"틀린 말은 아니잖아. 소문 풀어."

서혁이 무심하게 대꾸했다.

"그럼 상황이 복잡해집니다. 그리고 형님도 위험해집니다."

"그렇겠지. 나를 노리겠지."

설마 그걸 노리고.

태훈이 심각한 얼굴로 서혁을 바라보았다. 그가 고개를 삐딱하게 기울인 채 잠든 윤을 응시하고 있었다. 본인의 목숨을 사지에 내놓은 것치곤 지나치게 무심한 얼굴이었다.

"형님."

태훈이 땀이 난 손을 꽉 쥔 채 심각한 어조로 그를 불렀다.

언제나 냉정함을 잃지 않는 서혁이었다. 그런 서혁이 윤과 엮이면 이성을 잃었다. 태훈이 다시 한 번 서혁을 말리려고 하는 찰나, 서혁이 한발 빠르게 입을 열었다.

"그리고 소문 하나 더 내. 윤을 죽이라고 한 조직이 누군지 내게 알려주는 사람에겐, 그쪽에서 제시한 포상금의 두 배를 주겠다고."

"형님."

윤을 노리는 조직이 서혁을 노리게 된다. 이건 전면전이나 다름없었다. 누군가 죽어야 끝이 나는 게임이 되어 버린다.

"태훈아, 난 다시 조폭이 될 생각 없다."

"……."

태훈은 그 이유를 알 것 같았다. 윤을 담고 있는 서혁의 시선이 따스했다. 그녀에게 더는 어두운 모습을 보여 주고 싶지 않은 거겠지.

"그래도 죽일 새끼는 죽여야겠지. 필요하다면."

"형님."

"쉿."

서혁이 검지손가락을 입술 위에 가져다 댔다. 윤이 침대 위에서 뒤척거리며 옆으로 돌아누웠다. 흘러내린 머리카락을 귀 뒤로 넘겨 주며 서혁은 따뜻한 눈으로 윤을 바라보았다.

"지금은 방해받고 싶지 않다, 태훈아."

더 이상 대화를 하지 않겠다는 서혁의 분명한 태도에 태훈이 한숨을 내쉰 후 허리를 숙였다.

고개를 들던 그는 서혁의 옆얼굴을 설핏 보았다. 서혁은 아주 미미하지만 웃고 있었다. 이런 절박한 순간에 웃는 그가, 이해되지 않았다. 물론 단 한 번도 그를 이해해 본 적 없지만. 태훈이 조용히 방에서 나갔다.

❸

　방을 가로지른 오후의 느지막한 햇살 사이로 먼지가 분분히 떠돈다. 먼지가 가라앉는 소리가 들릴 만큼 고요한 공간. 서혁은 밀랍인형 같은 윤을 바라보았다.

　깨끗한 피부, 세상을 모두 비출 것 같은 투명한 눈동자, 조금만 올려도 웃는 얼굴이 되는 입꼬리.

　눈으로 찬찬히 살피며 그녀의 웃는 모습을 떠올리는 찰나, 윤이 몸을 뒤적거리며 눈을 떴다.

　빛을 받은 투명한 눈동자가 잠시 멍하더니 이내 또렷해졌다. 순식간에 몸을 벌떡 일으킨 윤이 주변을 둘러보았다. 그녀는 서혁의 방이라는 것을 알고는 숨을 골랐다.

"하아……."

윤이 가슴을 쓸어내렸다. 그런 윤을 보며 서혁이 덤덤하게 말했다.

"괜찮아. 걱정하지 마."

"어떻게 된 거예요?"

"경찰이 구해 줬어."

"그 남자는요?"

"경찰서에."

안도의 한숨을 뱉은 윤이 고개를 떨구며 눈을 감았다. 순간적으로 긴장했던 몸이 풀리자 피로감이 덮쳐 왔다.

"편하게 자. 아무 일도 없었으니까."

자리에서 일어난 서혁은 두꺼운 암막 커튼을 쳤다. 방금 전까진 윤의 얼굴을 보려고 열어 두었지만, 이젠 윤의 수면이 우선이었다.

"……저, 어떻게 된 거예요?"

윤의 목소리가 쩍쩍 갈라졌다.

"뭐가."

"갑자기 모르는 사람들이 절 죽이려고 해요."

"……."

"저한테 무슨 일이 생긴 거예요? 주호를 죽인 살인범은 잡혔는데, 왜 그 사람이 아닌 다른 사람들까지 절 죽이려고 하는 거예요? 주호랑 관련 있는 거예요?"

윤이 이부자락을 거머쥔 채 절박한 얼굴로 물었다. 꼼꼼하게 커튼이 닫힌 걸 확인한 서혁이 여유롭게 걸어와 침대에 걸터앉았다. 자그마한 스탠드 불빛에 의해 윤의 얼굴이 고스란히 보였다.

"그냥 단순히 일어난 사고야."

"사고가 아니라 사건이었어요. 절 죽이려고 했다고요."

"괜찮아. 여기 있으면 안전해."

서혁이 덤덤하게 말했다.

"이곳이 아니면요?"

윤의 눈동자가 흔들린다.

"위험하겠지."

그의 솔직한 대답에 윤의 표정이 절망으로 물들었다.

"그러니까 여기 있어. 일이 해결될 때까지 나가지 말고. 경찰들이 노력하고 있으니까."

"그럼 전 앞으로 어떻게 해요?"

하얀 니트를 입은 윤이 입술을 꽉 깨물었다. 윤의 얼굴을 보던 서혁은, 서재에 걸린 그림을 떠올렸다.

불에 탄 천사가 바닥으로 추락한다. 천사의 얼굴은 절박했다. 딱 지금의 윤처럼.

그리고 그 아래의 악마는 어떠했던가. 바라보기만 하던 천사가 자신에게 떨어질 때, 그는 사랑하는 천사의 추락을 안타까워했을까. 아니면…… 즐거웠을까.

점점 보내기 싫은 욕심이 마음 가운데 똬리를 튼다.

"여기 있으면 되잖아."

욕심이 입술 밖으로 흘러나왔다.

"영원히요?"

서혁은 상체를 숙여 불안하게 흔들리는 윤의 눈을 빨아들일 것처럼 응시했다.

"어."

"……."

"왜, 싫어?"

평소보다는 조금 가볍게 그가 물었다. 서혁과 눈을 맞추고 있던 윤의 뺨이 붉게 물들었다.

"그건 아니지만……."

윤이 말을 하다 채 이을 말이 없는지 고개를 푹 숙였다. 서혁은 아주 작게 미소를 머금었다.

"피곤할 텐데 쉬어. 난 옆방에 있을 테니까."

서혁이 자리에서 일어나 돌아섰다.

"오빠."

윤의 작은 부름에 서혁이 걸음을 뚝 멈추었다. 오랜만에 듣는 명칭이다. 언젠가부터 윤은 자신을 오빠라고 잘 부르지 않았다.

돌아선 서혁은 이부자락을 꽉 쥔 채 불안한 표정을 짓고 있는 윤을 보았다. 고민에 잠긴 얼굴로 눈을 빠르게 깜빡거리던 윤이 마침내 입을 열었다.

"묻고 싶은 게 있어요."

결심한 듯 윤이 입을 열었다. 서혁은 기꺼이 말해 보라는 듯 그녀를 응시했다.

"그때…… 왜 저한테 입 맞췄어요?"

"……."

"잠든 저한테 입 맞췄잖아요."

"……."

서혁의 표정 없는 얼굴이 전보다 더 딱딱하게 굳었다. 윤은 그의 얼굴을 바라보며 말을 이었다.

"죽을 수도 있다는 생각이 들 때 후회되었던 게 뭔지 알아요?"

완전히 몸을 돌려세운 서혁이 팔짱을 낀 채 윤을 응시했다. 언제 흔들렸냐는 듯 윤의 눈동자가 올곧게 빛났다.

"오빠한테 왜 입 맞췄냐고 묻지 못한 것, 그리고 오빠라고 불러 보지 못한 거예요. 언젠가부터 오빠를, 오빠라고 부르면 심장이 터질 것 같았거든요."

윤의 뺨이 보기 좋게 익어 가고, 눈동자엔 알 수 없는 습기가 어렸다. 윤은 손등으로 이마를 가리는 척하며 눈을 가렸다. 오래도록 품고 있던 마음을 터트리자 알 수 없는 눈물이 고였다.

죽기 직전, 지독하게 무서웠던 순간 잡고 있을 것이 서혁의 얼굴밖에 없었다. 희미해지는 의식 틈으로 닿았던 입술의 감각이 떠올랐고, 묻지 못한 것이 미치도록 아쉬웠다.

그러나 그것보다 더 아쉬웠던 것은⋯⋯.

"좋아해요, 오빠."

"⋯⋯."

"아주 오래전에, 오빠를 봤을 때부터."

누군가에게 쫓겨 살해당할 수도 있다면, 자신에게는 시간이 없을지도 모른다. 그렇게 생각하자 이 말을 하지 않으면 안 될 것 같았다. 절체절명의 순간에 또다시 후회하고 싶지 않았다.

그를 좋아한다, 심장이 터지도록.

이쪽으로 걸어오는 발소리가 들렸다. 서혁의 발소리는 처음 듣는다는 생각이 들 즈음, 고개가 위로 들렸다. 윤은 자신의 턱을 거머쥐고 있는 서혁과 눈이 마주쳤다. 윤의 눈에서 미처 흐르지 못한 눈물이 주르륵 흘러내렸다.

"다시 한 번 말해 봐."

착 가라앉은 목소리와 다르게 눈빛이 형형하게 빛났다.

"좋아해요."

윤이 울음을 참으려는 듯 끅끅거리며 말했다.

"내가 어떤 놈인지 알고 고백해?"

그의 목소리가 표정만큼 서늘하다.

"그런 건 별로 중요하지 않아요. 지금은 아무것도 상관없어요."

"후회하게 될 거야. 내가 어떤 놈인지, 어떤 짓을 했는지 안다면."

서혁의 눈동자가 일렁인다. 그의 표정이 요동치는 것을 난생처음 본 윤은, 더욱 절박한 얼굴로 고백했다.

"그것도 상관없어요. 좋아하니까, 그걸로 충분하니까."

이제 이 세상에서 자신에게 열기를 전해 줄 수 있는 사람은 서혁 말고 아무도 없었다. 춥고, 외롭고, 가난한 삶을 버텨 낼 수 있게 해 준 것은 서혁이었다.

"후회할 거야."

서혁이 서늘한 목소리로 경고했다.

"안 해요. 설령 한다고 해도 그건 제 몫이에요."

그러니 당신이 죄책감 가질 이유 없어요.

윤의 숨겨진 말뜻을 이해한 서혁이 천천히 허리를 숙였다. 코끝이 스칠 것처럼 가까운 거리에서 서로가 숨을 내쉬었다. 서로의 날숨이 들숨이 되어 뒤엉킨다. 이내 두 사람의 얼굴

사이로 뜨거운 공기가 고인다. 서혁의 눈이 가늘어지며 묘한 열기를 품었다.

"난 한 번 나한테 떨어진 건 날려 보내지 않아."

다시는 날개 없는 삶을 살 수도 있다.

"날아가려고 하면 부술 거야."

다시 태동하는 날개조차도 찢어 버릴 거다.

"괜찮아요, 모두 다."

윤의 눈동자에 물기가 어렸다. 이윽고 윤의 입술에 미소가 맺혔다. 두 입술이 맞닿았다. 뜨거운 김이 입술을 적셨다. 늘 차갑기만 하던 그가 전해 주는 첫 온기에, 윤은 서혁의 목을 감았다. 절박한 손짓으로, 뜨거운 마음으로 그를 힘껏 끌어안았다.

당장 내일 죽을 수도 있는 거라면, 얼마 살지 못한다면, 가장 후회 없는 선택을 할 것이다. 지금처럼.

툭, 툭. 옷자락이 바닥으로 떨어져 내렸다.

뜨겁게 나누던 키스를 끝으로 윤의 깨끗한 몸이 드러났다. 상의를 탈의한 서혁은 맨 몸의 윤을 끌어안았다. 부드럽고 따스한 향이 흐르는 윤의 목덜미에 입술을 맞췄다.

"읏."

윤의 몸이 가볍게 전율했다. 서혁은 목덜미를 타고 천천히 내려와 봉긋하게 솟은 윤의 가슴을 머금고서, 한 손으로 남은 가슴을 어루만졌다.

핥고 빠는 움직임에 금세 유두가 솟아올랐다. 서혁의 엄지
손가락이 남은 유두를 빙글빙글 매만졌다. 혀가 움직일 때마
다, 손끝이 스칠 때마다 움찔하며 경직되는 윤의 몸이 느껴
졌다.

"으앗…… 하!"

서혁의 입술이 가슴을 타고 느릿하게 옆구리로 향했다. 옆
구리, 납작한 배를 타고 입술이 점점 아래로 내려갔다.

열기가 점점 아래를 향하다 어느 정점에 달했을 때 윤의
몸이 비틀렸다. 물 위에 몸이 뜬 것처럼 부유하던 감각이 일
제히 예민해졌다.

중심에 닿은 뜨거운 입김에 윤의 몸이 비틀렸다.

"으읏! 부끄러…… 부끄러워요."

몸을 비틀려고 할수록 서혁은 윤의 골반을 더 세게 눌렀
다. 서혁은 윤이 빠져나가게 둘 생각이 없었다.

액이 흘러나와 촉촉하게 젖은 중심을 혀가 갈랐다. 부드럽
고 미끄러운 붉은 살을 서혁의 혀가 핥았다. 아래에서 위로,
마침내 뜨거운 혀끝이 윤의 클리토리스에 닿았다.

"아아……! 앗!"

난생처음 느끼는 감각이었다. 머리부터 발끝까지 일제히
전기가 통하는 기분. 쭈뼛한 기분에 몸을 파르르 떤 윤을 바

라보는 서혁의 눈동자가 탁해졌다. 윤이 하지 말라고 애원할
수록, 자신의 손을 밀어내려고 할수록 더 깊게 파고들고 싶
다.

서혁은 시트가 축축해지도록 투명한 액체를 흘리는 중심
에 천천히 손가락을 밀어 넣었다. 빽빽하고 좁은 공간 탓에
손가락 하나 넣는 것도 버거웠다.

하나를 힘겹게 밀어 넣자 금세 윤의 눈가에 눈물이 고였
다. 손가락을 구부려 안을 살짝 문지르자 윤의 눈가를 타고
눈물이 주르륵 흘러내렸다.

"으읏."

윤의 표정을 본 서혁이 손가락을 빼려 할 때였다. 윤이 그
의 손목을 잡았다. 윤은 괜찮다는 듯 눈물이 그렁그렁한 눈
으로 고개를 끄덕였다.

"계속해 줘요. 여기서 멈추고 싶지 않아요."

윤의 말에 서혁은 손가락을 하나 더 밀어 넣었다. 두 개의
손가락으로 천천히 윤의 공간을 넓히며 서혁은 그녀의 입술
에 입을 맞췄다.

뜨겁고 부드러우며 촉촉한 공간. 누구에게도 허락된 적 없
는 공간을 끝없이 탐하며 서혁의 눈동자가 탁해졌다. 금세
뜨거운 액이 울컥하고 흘러나왔다.

손가락을 빼낸 서혁이 바지 버클을 끌렀다. 바지를 반쯤

내리자 잔뜩 부푼 남성이 드러났다. 서혁은 중심을 윤의 아래에 가져다 댔다. 겁을 먹었지만 물러서지 않겠다는 듯 윤이 서혁의 눈동자를 바라보았다.

서혁이 몸을 앞으로 숙였다. 천천히 촉촉하고 은밀한 공간으로 진입했다. 조금씩, 조금씩 밀고 들어가던 남성이 마침내 절반 정도 들어갔다.

"으읏. 하아, 하아, 앗!"

쾌락의 자리를 고통이 대신했다. 윤은 난생처음 느끼는 뻐근함과 당기는 느낌에 입술을 깨물었다. 아프진 않지만 불편한 이물감이 느껴졌다.

서혁은 윤의 눈을 똑바로 바라보았다. 늘 텅 비어 있던 그의 눈동자에 쾌락, 열기, 음란함이 뒤섞여 있다.

"이제 못 물려."

경고 같은 고백.

윤은 고개를 끄덕였다.

"아앗!"

서혁의 중심이 모조리 윤의 안으로 들어왔다. 잠시 헐떡거리던 윤이 서혁의 손을 잡았다. 서혁은 허리를 숙여 윤을 끌어안았다.

"아! 아! 아!"

아픔과 불편함도 잠시, 점점 몸이 뜨거워졌다. 아래에서 밀려드는 열기에 온몸이 축축해졌다.

"아아! 아!"

서혁은 귓가에 흘리는 윤의 신음을 못 견디겠다는 듯 입술을 깨물었다.

윤을 갖고 싶었다. 머리부터 발끝까지 모조리 자신의 흔적을 남겨 놓은 채 누구에게도 보이고 싶지 않았다. 자신의 욕심과 집요함을 알기에 윤에게 다가갈 수 없었다. 자신의 세계는 거대한 만큼, 어두운 곳이니까.

"으응! 읏!"

윤을 배려해 천천히 속도를 내던 서혁은 아랫입술을 살짝 깨물었다. 터질 것 같다. 자신을 물고서 놔주지 않는 윤의 아래 때문에 눈앞이 어질할 지경이었다.

서혁은 윤의 동그스름한 어깨를 끌어안은 채 아래를 빠르게 움직였다.

두 개의 몸이 맞부딪치는 질퍽거리는 소리가 방 안을 모두 메웠다.

"아, 아아! 아!"

윤의 다리가 위로 들렸다. 서혁은 윤의 두 다리를 붙잡았다. 내밀한 아래가 더 좁아졌다. 서혁의 아래가 조금 더 빠르게 움직였다.

"으응, 으! 으앗!…… 하아, 하아."

윤은 땀이 흘러내리는 서혁의 얼굴을 보며 시트를 거머쥐었다. 아까 전부터 몸에서 열이 나고 눈이 어지러웠다. 제대로 숨을 못 쉴 만큼 치달아 올리는 탓에 온몸이 얼얼했다.

마찰로 한껏 뜨거워진 아래에선 끊임없이 무언가가 흘러나왔다. 도저히 견딜 수 없을 만큼의 쾌락이 밀려 올라왔다가 내려가길 반복했다.

찰팍거리는 소리와 함께 속도가 극도로 빨라졌을 즈음, 서혁의 중심이 튕기듯 빠져나왔다. 어금니를 꽉 깨문 그가 윤의 배에 흰 액을 사정했다.

침대에 누운 윤이 헐떡거리며 이불 귀퉁이를 끌어당겼다. 가슴을 겨우 가린 윤이 협탁에 놓아 둔 티슈를 향해 손을 뻗었다. 한발 빠른 서혁이 휴지 두 장을 뽑아 윤의 배를 닦아냈다.

"제가 할게요."

서혁은 대답 대신 윤의 배를 닦은 후 티슈를 휴지통에 버렸다. 윤이 이불로 나체를 가렸다. 모든 걸 보여 주겠다고 다짐했지만, 섹스가 끝난 후의 늘어진 몸까진 보여 주고 싶지 않았다.

그러나 서혁의 생각은 달랐는지 윤이 보물처럼 품에 안고 있는 이불을 벗겼다.

"이리 와."

서혁이 손을 뻗어 윤을 일으켜 앉혔다. 윤의 턱을 감싼 서혁은 허리를 숙여 그녀의 입술에 입을 맞췄다. 아직 열기가 식지 않은 공간에 사르륵 먼지가 내려앉았다.

농밀한 키스가 끝난 후, 서혁은 윤을 응시했다.

윤의 고백을 끝으로 자신의 제어력은 사라졌다. 자신의 손으로 윤을 끌어내리진 못하지만, 스스로 제 품으로 떨어진 윤을 보낼 순 없다.

서혁의 눈빛에 뜨거운 집착이 어렸다.

지금이 어떤 상황인지, 자신이 어떤 생각을 하는지 추호도 모를 윤은 느릿하게 눈을 감았다 뜨길 반복했다. 서혁의 입술이 비스듬히 휘었다.

"누워."

윤의 눈빛이 몽롱했다. 살해를 당할 뻔했고, 그 충격이 채 가시기도 전에 첫 경험을 했다.

피로가 극에 달한 윤을 알아본 서혁은 그녀를 눕혔다. 부끄러운지 이불을 돌돌 만 윤은 막상 누우니 잠이 안 오는지 눈을 깜빡거렸다.

"오빠."

윤의 부름에 침대에 걸터앉아 있던 서혁이 고개를 돌렸다. 서혁의 얼굴 위로 따스한 햇살이 흘러내려 반짝거렸다.

"그냥요. 사라질까 봐서."

서혁은 윤의 머리를 매만지며 옅게 웃었다.

"그런 일 없을 거야."

서혁의 말이 안심이 되었는지 윤이 눈을 감았다. 금세 깊은 숨소리를 내며 쌔근쌔근 잠에 들었다. 그런 윤의 얼굴을, 서혁은 해가 져서 사위가 어둑해질 때까지 바라보았다.

✳   ✳   ✳

윤이 눈을 떴을 때 옆자리는 비어 있었다. 서혁이 누웠던 자리에 손을 뻗자 차가운 시트가 만져졌다. 창가로 긴 햇살이 치고 들어왔다. 어젯밤 있었던 일이 모두 꿈같다.

아득한 표정으로 햇살이 스미는 창가를 바라보던 윤이 느릿하게 몸을 일으켰다. 알몸 위로 시트를 둘둘 싸맨 채 창가로 걸어갔다.

얇은 커튼을 살짝 들자 텅 빈 마당이 보였다. 맑은 하늘과 대비되어 정원이 한층 더 건조해 보였다. 마치 서혁의 눈처럼.

그러나 윤은 묘하고 스산한 바람이 부는 듯한 그의 분위기를 사랑했다. 그리고 어젯밤 보았던 흐릿한 열기를 담은 그의 눈을 더 사랑하게 되었다.

오랜 시간 억눌렸던 것이 터진 것처럼 자신을 잡아채던

손길, 다시는 못 물린다고 엄중하게 경고하던 입술, 뜨겁게 닿았던 눈빛.

윤이 저도 모르게 시트를 더욱 감쌌다. 그가 곁에 없다는 것이 허전해짐과 동시에 야릇한 기분이 온몸을 휩쓸었다.

스르륵, 문이 밀리는 소리에 윤이 돌아섰다.

"일어났구나."

한 치의 흐트러짐 없이 깔끔한 복장의 서혁이 들어왔다.

"네."

가까스로 대답한 윤이 난처한 표정으로 시트를 목 끝까지 감았다. 서혁이 윤을 빤히 쳐다보았다.

헝클어진 머리카락, 새하얀 시트에 반사되어 더욱 하얗게 보이는 얼굴, 살짝 불그스름해진 뺨과 늘 촉촉하게 젖어 있는 동그란 눈동자.

만지면 푸스스 연기가 되어 흩어질 것처럼 위태로워 보이는 그 모습이 마음을 자극한다. 윤과 함께 있으면 시간이 멈춘 듯했다. 자신의 온몸을 누르고 있던 무형의 책임감과 죄책감이 일순 사라지곤 했다.

그러나 지금은 죄책감이 사라진 곳에 설명할 수 없는 묘한 갈증과 자극이 자리를 잡고 가슴을 긁어내렸다.

"발목은?"

서혁이 물었다.

"괜찮아요. 조금 절긴 하지만 걸어 다닐 만해요."

"혼자서 다니지 마. 위험하니까."

"네."

"백화점은 왜 간 거야?"

"그냥…… 구경 삼아서요."

윤의 대답에 서혁은 크게 캐묻지 않았다.

"답답하면 말해. 같이 외출하면 되니까."

"네."

잠시 침묵이 찾아들었다. 서혁은 말없이 윤을 바라보았다.

그 시선에 윤이 입술을 깨물었다. 온몸이 탈 것 같다. 그가 시트 안을 투시해서 보고 있을지도 모른다는 묘한 기분이 들었다. 얼굴로 열이 화끈하게 올랐다.

윤이 애써 시선을 서혁의 손으로 돌렸다.

"그건 뭐예요?"

서혁이 손에 쥐고 있는 것을 보며 윤이 물었다.

"화분."

그가 잊고 있었다는 듯 제 손을 내려다보며 대답했다.

"예쁘네요."

이름 모를 작은 식물이 담겨 있는 화분이었다. 윤의 얼굴에 금세 자그마한 미소가 맺혔다. 서혁은 침대 옆에 놓인 협탁 위에 화분을 내려놓았다.

"선물이에요?"

윤이 옅게 웃으며 물었다.

"어. 내일이면 화분이 몇 개 더 배달 올 거야."

눈을 떴을 땐 아주 이른 새벽이었다. 잠든 윤을 바라보다가 바짝 마른 갈증이 엄습했다. 이렇게 머물렀다간 윤을 깨울 것 같아 서혁은 먼저 자리에서 일어났다.

서재로 가던 중 문득 거실에 걸려 있는 액자를 보았다. 화분이 그려진 액자. 윤이 식물을 좋아한다는 사실이 생각났다. 독립한 후로 화분을 몇 개 가져다 놓았다며 좋아하던 얼굴이 떠올랐다.

윤이 살던 곳에 비해 이곳은 삭막했다. 서혁은 곧장 외투를 걸친 채 밖으로 나섰다. 빈속에 알레르기 약을 먹은 후 새벽시장을 돌아다니며 몇 개의 화분을 골랐다.

"이 시간에 다녀온 거예요?"

"어."

서혁의 대답에 윤의 미소가 더욱 짙어졌다. 윤이 화분 가까이 다가갔다. 시트 사이로 손을 빼 둥그런 잎사귀를 감싸 쥐었다. 차갑고 습한 기운이 느껴졌다.

윤은 식물을 좋아했다. 살아 있는 생명력을 사랑했고, 푸릇한 색감을 사랑했다.

"고마워요."

화분도 좋지만, 그가 자신을 위해 무언가를 해 주었다는 것이 더욱 고맙게 느껴졌다.

"잘 키울게요."

"그래."

그는 필요한 말 이외의 이야기는 하지 않았다. 윤은 그런 그의 성격을 좋아하고 존중했지만, 지금은 조금 부끄러웠다. 옷을 모두 갖추어 입은 그의 앞에 자신은 고작 시트 한 장이 전부였다.

그는 선물을 전달하고 말을 마친 후에도 방에서 나갈 생각이 없어 보였다. 오히려 침대에 걸터앉을 태세였다.

"오빠."

마침내 윤이 벌게진 얼굴로 그를 불렀다. 그가 말하라는 듯 바라보았다.

"저, 씻으러 가야 해서요. 옷도 챙겨야 하고."

용기를 내어 꺼낸 윤의 말에 서혁은 아무 말 없이 그녀를 바라보았다. 그 말을 하는 저의를 전혀 모르겠다는 얼굴이었다.

결국 주먹을 꽉 쥐고 있던 윤이 슬쩍 눈을 내리깔았다. 어떻게 말해야 그의 기분을 덜 상하게 만들까를 고민하던 중, 서혁이 먼저 말했다.

"서재에 가 있을게."

윤의 난처함을 이제야 파악한 듯했다.

"네."

윤이 고개를 끄덕이자, 서혁이 돌아섰다. 윤은 서혁의 뒷모습을 바라보며 안도와 더불어 근원을 알 수 없는 섭섭함을 느꼈다.

그는 바쁜 사람이다. 그가 다시 찾을 때까지 자신은 그를 기다려야 한다. 조금이라도 많이, 자주 보고 싶은 철없는 마음이 솟구친다.

서혁이 문을 열다 말고 멈춰 섰다.

"준비 마치고 서재로 와. 같이 밥 먹자."

"……."

"기다릴게."

서혁의 말에 잠시 멍한 표정을 짓던 윤의 입술이 자그맣게 길어졌다. 힘차게 고개를 끄덕이는 윤을 본 후 서혁이 문을 밀고 나섰다. 달칵, 문이 잠기는 소리가 났다. 그가 잠근 후 나간 모양이었다.

그가 나간 후 윤은 시트를 벗어 침대에 걸쳐 두었다. 차가운 한기가 몸을 덮었다. 그럼에도 그다지 춥지 않았다. 주호의 죽음 이후로 커다란 구멍이 난 것처럼 시리던 가슴도 이전만큼 고통스럽지 않았다.

지금은, 어떤 아픔도 견딜 수 있을 것 같았다.

✳　　　　✳　　　　✳

　　부엌으로 찾아간 윤은 원형 테이블에 앉아 있는 서혁을 보았다. 창이 많은 집이라 어디든 환했으나 유난히 서혁이 앉아 있는 곳은 환하게 느껴졌다. 윤은 서혁과 마주 앉았다.

　　"이리 와."

　　서혁이 자신의 옆자리를 가리켰다. 윤이 눈을 동그랗게 뜨고 쳐다보자, 서혁이 다시 한 번 말했다.

　　"떨어져서 먹지 말고, 이리 와."

　　마른침을 꼴깍 삼킨 윤이 자리에서 일어났다. 그의 옆은 다른 자리에 비해 의자가 더 가깝게 붙어 있었다. 윤이 앉자 식사가 차려졌다. 대부분 소화하기 쉬운 것들이었다.

　　간단히 식사를 마친 후, 서혁의 서재에서 차를 마셨다. 이 집의 대부분이 그렇지만, 서재는 특히나 고요했다. 고서들에게서 나는 특유의 향 때문인 것 같았다.

　　윤은 창밖을 바라보고 있는 서혁을 보았다. 그는 여유로워 보이고, 나른해 보였다. 그러나 그 누구보다 기척에 예민했다.

　　"오빠."

　　윤의 부름에 마주 앉아 있던 서혁이 느릿하게 시선을 들었다. 윤은 이전처럼 미소를 짓고 있었으나 어딘가 표정이 불편해 보였다. 불안했다.

"이제 그만 나갈게요."

불안함이 관통했다.

"이제 차를 마시기 시작했는데?"

그러나 서혁은 둘러 대답했다.

"아뇨. 그 말이 아니라, 제 집을 구할게요."

서혁의 눈 끝이 단번에 매서워졌다.

"무슨 소리야."

서혁의 목소리답지 않게 스산했다.

"어제 당한 일을 벌써 잊었어?"

그가 손에 쥐고 있던 찻잔을 내려놓으며 물었다. 달칵, 평소보다 찻잔 소리가 날카롭다.

"경찰이 움직이고 있으니까, 조금 힘들겠지만 차차 괜찮아질 것 같아요."

"진심으로 그렇게 생각해?"

"죽을 때까지 여기 있을 수는 없잖아요."

"그럴 수 있어."

"……."

"내 옆에 있어. 그럼 넌 영원히 안전하니까."

서혁의 차가운 목소리에 윤의 입술이 비틀렸다. 그러나 억지로 짓고 있는 미소만큼은 풀지 않았다.

"아무것도 안 하고, 오빠 옆에서 귀찮게 굴 수만은 없잖아요. 곧 시험 기간이고, 아르바이트도 해야 하니까요. 이전처럼 열심히 살아야죠. 열심히 사는 모습을 보여야 하늘에서 지켜보고 있을 주호도 안심하죠."

윤이 웃는데, 퍼석하고 깨어질 것처럼 얼굴이 메말라 있었다. 서혁은 그런 윤의 얼굴을 빤히 바라보았다.

윤은 영민한 아이였다. 어릴 적부터 눈칫밥을 먹고 자라 특히나 분위기 파악이 빨랐다. 그래서 자신이 얼마나 위험한 상황에 처했는지 본능적으로 알고 있었다. 그런데도 나가겠다고 하는 데는 하나의 이유밖에 없다.

"내가 위험할까 봐?"

서혁이 곤 다리 위에 손을 올리며 물었다. 윤은 아니라고 고개를 내저었으나, 서혁은 믿지 않는다는 표정으로 쳐다보았다. 잠시간의 침묵 끝에 윤이 실토했다.

"위험한 건 저 하나로 충분해요. 오빠가 저보다 더 잘 알고 있을 거잖아요. 지금이 어떤 상황인지. 오빠까지 주호처럼 제 눈앞에서 그렇게 되어 버리면……. 그러면 전 정말 못 살 것 같아요."

"그렇게 안 돼. 그럴 일도 없고."

서혁이 고저 없는 목소리로 답했다. 자신에게 담 크게 덤빌 사람은 없다. 설령 덤빈다고 해도 맥없이 당할 자신이 아니었다. 윤만이 그 사실을 모를 뿐이었다.

"그건 모르는 거잖아요. 주호도 저한테 늘 그렇게 말했어요. 안전할 거라고, 우린 끝까지 행복할 거라고, 그러니까 안심하라고……. 그 약속을 믿었는데, 이렇게 됐어요. 세상에 완벽한 일은 없어요. 알잖아요."

억지로 웃음을 이어 가던 윤의 얼굴이 구겨졌다. 유일하게 피를 나눠 가진 가족이 눈앞에서 죽었다. 고통에 온몸을 웅크린 채, 눈도 감지 못하고서. 그 자리에 서혁이 있을 거라고 생각하니 견딜 수가 없었다. 더는 누군가를 잃고 싶지 않다. 자신을 잃어버리는 일이 생기더라도.

"제 뜻을 전했으니까 이해해 주시리라고 생각할게요."

윤이 고집을 꺾지 않겠다는 듯 단호한 표정으로 말한 후, 자리에서 일어났다.

달칵, 문을 닫고 서재에서 나온 윤은 잠시 문에 기대서서 가슴을 쓸어내렸다. 잘한 결정이다. 아주 잘한 결정이다. 그렇게 스스로를 달래며 자신의 방으로 돌아온 윤은 어느새 화분이 가득한 방을 보곤 입술을 깨물었다.

자신만 사랑하는 관계가 아니었다. 서혁도 자신을 사랑하고 있다는 걸 어젯밤 그의 행동과 표정을 보고 알았다. 그 사실을, 오늘 아침 그가 가져온 화분들로 한 번 더 확인했다.

오랜 시간 고민한 듯 화분은 크기별, 색깔별로 모두 달랐다.

그가 자신을 사랑한다는 걸 알자 더욱 두려워졌다. 자신 때문에 다칠 서혁이 두렵고 무섭다.

덜컹, 그사이 문이 흔들렸다. 누구냐고 물을 틈도 없이 문이 열리더니 윤은 귀퉁이로 밀려났다.

"으."

윤의 짧은 비명에 방으로 들어서던 서혁의 걸음이 멈췄다. 이전이라면 괜찮냐고 물어봤을 그가, 지금은 냉랭한 얼굴로 윤을 바라보았다.

고개를 앞으로 돌린 서혁이 빠른 걸음으로 장롱 앞에 섰다. 장롱을 활짝 열어젖힌 서혁이 눈으로 내부를 훑더니 그녀의 가방을 들었다.

지익, 지퍼를 열자마자 서혁이 그녀의 가방을 거꾸로 들었다. 물건이 와르르 쏟아졌다. 그 광경을 속절없이 바라보기만 하던 윤이 서혁에게 다급하게 다가왔다.

"뭐하는 거예요?"

윤의 물음에도 서혁은 대답 없이 바닥에 놓인 물건을 살피더니 여기저기 흠집이 난 주호의 휴대폰을 들었다. 윤이 다급하게 그의 팔을 잡았다.

"뭐하는 거냐고요."

서혁은 윤을 똑바로 쳐다보았다. 그리고는 그의 휴대폰을

171

컸다.

"왜 이러는 거예……."

"이 휴대폰엔 위치 추적 장치가 달려 있을 거야."

그의 건조한 대답에 윤이 놀란 얼굴로 휴대폰과 서혁을 번갈아 보았다.

"아마 이 집을 찾아내겠지."

얼굴이 백짓장처럼 질린 윤이 그의 손에서 휴대폰을 낚아 챘다. 그리고는 멀리 집어던졌다. 순식간에 배터리가 분리되어 휴대폰이 꺼졌다.

"뭐하는 거예요! 지금 무슨 짓을 한 줄 알아요? 죽으려고 이래요?"

윤이 다급하게 서혁을 붙들며 소리쳤다. 그러자 그가 건조한 눈으로 윤을 쳐다보았다.

"내가 말했을 텐데. 나한테 떨어지면 날려 보내지 않는다고."

"……."

"날아가려고 하면 부술 거야."

"……."

"그게 너든, 나든."

서혁의 눈빛이 짙게 물들었다. 고저 없이 건조한 목소리와 달리 그의 눈빛은 집요했다. 윤의 눈에 서서히 슬픔이 차올랐다. 죽을 때 죽더라도 후회 없이 죽고 싶어서 그에게 안겼다. 이 욕심이 그를 위험에 빠트렸다.

"나 때문에 다칠 수도 있어요."

윤이 차오른 슬픔에 한껏 얼굴을 구기며 말했다.

"안 다쳐."

"죽을 수도 있다고요."

"괜찮아, 그런 건."

죽음은 늘 그의 도처에 머물렀다. 언제 찾아와도 이상하지 않을 만큼 가까운 거리에서 뱅뱅 돌았다. 이제 와 죽을 수도 있다는 이유로 겁먹지 않는다. 더 두려운 것은 눈앞의 여자를 잃는 것이다.

서혁이 손을 뻗어 윤의 뺨을 감쌌다. 허리를 굽혀 윤의 눈높이에 맞춘 서혁이 그녀의 얼굴 가까이로 자신의 얼굴을 들이밀었다.

"너도, 나도 안 죽어."

"……"

"내가 그렇게 만들어."

윤의 속눈썹이 파르르 떨렸다. 이렇게 잔뜩 겁먹고 있으면서 사지로 걸어 나갈 생각을 한 게 놀라웠다.

"지키고 싶어요."

"……"

"오빠를."

윤의 말에 서혁의 입술 끝이 살짝 위를 향했다. 늘 조직과 재산을, 호원과 사업장을 지키기 위해 자신의 몸을 종잇장처럼 찢어 가며 살아왔다.

그런데 이 자그마한 여자가 자신을 지키려 하고 있었다. 누군가에게 보호받는 느낌, 낯설다.

서혁이 천천히 윤의 입술을 향해 다가갔다. 피할 기회를 주려는 것처럼. 그러나 윤은 고개를 돌리지 않았다. 마침내 입술이 맞닿았다. 맞물린 입술 새로 뜨거운 입김이 새어 나왔다.

윤은 금세 몽롱해지는 기분에 서혁의 옷자락을 거머쥐었다. 그 작은 반응에 자극을 받은 듯 서혁이 손을 뻗어 윤을 끌어안았다.

등의 맨살 위를 타고 오르는 손길에 윤이 흠칫했다. 서혁의 손이 금세 윤의 브래지어 후크를 풀었다. 속옷이 붕 뜬 틈으로 서혁의 손이 파도처럼 밀려들었다. 차갑고 서늘한 느낌에 흠칫하자마자 유두를 조이는 손길이 느껴졌다.

"읏."

윤이 가볍게 몸을 움츠렸다. 서혁의 손이 윤의 가슴을 천천히 매만지며 목덜미에 입술을 가져다 댔다. 살결을 부드럽게 빨아들였다가 놓았다. 조금씩 붉어지는 목덜미를 따라 윤의 호흡이 흐트러졌다.

윤의 등이 벽에 닿았다. 셔츠와 브래지어가 위로 올라갔다. 차가운 한기가 엄습한 피부 위로 뜨거운 입김이 닿았다. 서혁의 입술이 목덜미를 타고 내려와 가슴에 닿았다.

"으읏."

윤이 참을 수 없는 신음을 흘리며 목에 힘을 주었다. 잔뜩 힘이 들어간 윤의 몸을 서혁이 서서히 녹이며 차츰차츰 내려갔다.

윤이 입고 있던 장치마가 속옷과 함께 동시에 내려갔다. 어느새 서혁이 상의를 벗었다. 군살 없이 탄탄한 복근이 드러났다. 서혁은 윤의 입을 맞추며 그녀를 침대로 인도했다.

숨결이 엉키고 어느새 나체가 된 두 살이 엉켜들었다. 부드러운 살결에 손끝이 닿을 때마다 뜨겁게 달아올랐다.

"하아."

윤이 나지막한 숨소리를 뱉으며 눈을 가늘게 떴다. 흥분과 열감으로 뒤엉킨 눈동자가 몽롱했다. 시야로 자신의 가슴을 머금고 있는 서혁의 모습이 보였다.

서혁의 혀가 움직일 때마다 예민한 유두에서 찌릿한 느낌이 치솟아 올랐다. 뜨겁고 간지러운 느낌. 이 남자가 자신을 달래는 손길이 소중해서 눈물이 날 것 같았다.

윤이 그의 머리카락 사이로 손가락을 밀어 넣었다. 부드러운 머리카락이 손가락 사이로 스르륵 흘러 나갔다.

천천히 서혁의 입술이 내려갔다. 가슴 주변을 가볍게 훑은 입술이 납작한 배를 타고 아래로 내려갔다. 깨끗한 허벅지에 머물던 서혁의 입술이 마침내 윤의 뜨거운 중심에 닿았다.

"웃. 하, 하지 마요."

깜짝 놀란 윤이 몸을 틀자, 서혁이 그녀의 허벅지를 감싸 잡았다. 아무리 몸을 비틀려고 해도 바위 사이에 갇힌 것처럼 꼼짝할 수 없었다.

그의 강한 힘에 놀란 것도 잠시, 아래에서 들리는 질척한 소리에 귀 끝이 화끈해졌다.

"으응."

윤이 참을 수 없는 소리를 흘리며 몸을 비틀었다. 몸이 어젯밤의 일을 기억하고 있었다.

처음이라 뻐근한 것도 잠시, 불구덩이에 빠진 것처럼 뜨겁고 열렬한 느낌이 온몸을 휩쓸었다. 아주 잠시 생각했을 뿐인데 어느새 몸이 반응했다.

그런 윤을 알아챈 듯 서혁의 움직임이 집요해졌다. 열기로 인해 투명한 애액을 흘리는 윤의 중심을 훑은 혀끝이 클리토리스를 스쳤다.

"앗!"

전기가 통한 듯 아찔한 느낌에 윤이 흠칫했다. 그의 혀가 천천히 윤의 깊은 곳을 파고들었다.

"으음, 읏."

윤이 신음을 참으려는 듯 목을 뒤로 젖혔다. 몸을 일으킨 서혁이 한껏 부푼 자신의 중심을 가져다 댔다. 윤이 잠시 겁을 먹은 듯 숨을 들이켰다. 천천히, 몸을 가르고 무언가가 들어왔다.

"하아, 하아. 아!"

어느새 깊은 곳을 푹 찌르는 움직임에 윤의 몸이 휘어졌다. 삽입만으로 헐떡거리며 흐트러진 호흡을 뱉는 윤을 바라보던 서혁은 가쁜 숨을 내쉬었다.

윤이 숨을 쉴 때마다 가슴이 위아래로 흔들렸다. 헝클어지고 엉망이 된 모습으로 자신을 바라보는 윤의 모습에 서혁이 옅은 미소를 지었다.

윤이 마주 웃으려는 찰나, 빠져나갔던 페니스가 푹 소리를 내며 파고들었다.

"으앗!"

윤이 흠칫하며 시트를 움켜쥐었다. 아릿하면서 아찔하다. 아래가 뜨겁게 반응하며 힘이 들어갔다. 갑작스레 자신의 것을 조이자 서혁이 흐트러진 숨을 내쉬었다.

"하아."

서혁의 입술 새로 느슨한 숨이 흘러나왔다. 흥분을 안으로 삭이는 남자의 모습이 야하게 느껴졌다.

서혁이 천천히 몸을 움직이자 윤이 움찔거렸다. 삽입의 속도가 조금씩 빨라졌다.

"으응…… 하아, 하아, 아앗……! 하아."

윤의 몸이 들썩거렸다. 윤의 내벽이 서혁의 것을 꽉 움켜쥐었다. 빠져나갔다가 밀려들길 반복하는 행위에 맞닿은 살에서 불길이 치솟았다.

"으읏."

"하아."

누구의 것인지 알 수 없는 숨소리가 엉겨들었다. 침대를 짚은 서혁이 고개를 숙여 윤의 입술에 입을 맞췄다. 가벼운 입맞춤이 점차 농밀해지며 짙어졌다. 정신을 흩트려 놓는 키스에 윤이 그의 몸을 끌어안았다.

퍽, 퍽. 서혁이 빠른 속도로 밀어붙였다.

"으읏. 하아."

키스를 하는 입술 사이로 뭉개진 신음이 흘렀다.

어느새 윤이 비명 같은 신음을 흘리며 눈을 꽉 감았다. 감은 눈앞으로 하얀 반점이 생겼다가 사라졌다. 서 있었다면 필연 쓰러졌을 정도로 강렬한 어지럼증이 뒤를 이었다.

절정에 달해 예민한 아래로 서혁의 것이 빠르게 들어왔다나가길 반복했다.

"으으응."

윤이 다리를 오므렸다. 이러다가 기절해 버릴 것 같았다. 서혁이 윤을 끌어안은 채 마지막으로 속도를 높였다. 이어 윤은 배 위로 쏟아지는 뜨거운 무언가를 느꼈다.

흐릿한 눈으로 자신의 배에 사정하고 있는 서혁이 보였다. 그의 강인한 몸과, 야릇한 표정이 뒤섞인 것을 보고만 있었을 뿐인데, 잔 열기에 몸이 짜릿해졌다.

"하아."

윤이 참았던 숨을 뱉었다. 협탁 위에 놓인 티슈로 윤의 배를 꼼꼼하게 닦은 서혁이 윤을 보았다. 힘없이 눈을 감았다 뜨길 반복하는 윤은 금세 잠들 것 같았다.

서혁이 손을 뻗어 윤의 뺨에 붙은 머리카락을 떼어 냈다. 머리카락과 뺨이 온통 땀투성이였다. 서혁의 몸 또한 마찬가지였다.

서혁은 윤의 뺨을 쓸었다.

"자."

"……오빠는요?"

반쯤 눈을 뜬 윤이 물었다.

"잠들기 전까지 여기 있을게."

서혁은 섹스는 해도, 함께 잠들진 않았다. 윤은 졸음을 도저히 못 견디겠다는 듯 스르륵 눈을 감았다.

잠든 윤을 바라보던 서혁이 그녀의 몸 위로 이불을 덮었다. 소리를 죽여 자리에서 일어나던 서혁은 금세 부푼 자신의 아래를 보며 곤혹스러운 표정을 지었다.

　할수록 중독된다. 오랜 시간 참은 탓일까.

　서혁은 나른하게 움직이다 말고 돌아서서 윤을 보았다. 윤의 숨 쉬는 소리를 따라 하얀 이불이 오르내렸다.

　느슨하게 웃던 서혁이 옷을 입었다. 허리를 굽혀 바닥에 떨어진 휴대폰을 챙긴 서혁은 방을 나서기 전, 한 번 더 잠든 윤을 바라보았다.

❹

차창으로 시내의 풍경이 흘러갔다. 서혁이 일정한 박자에 맞춰 주호의 휴대폰으로 카시트를 툭툭 두드렸다.

위치 추적 장치가 내장되어 있는 휴대폰 안에는 마약 밀매를 하던 동영상과 살해 당시 나누던 대화까지 녹음되어 있었다.

눈치 빠른 주호는 자신이 뱉은 껌처럼 당하기 전에 몇 가지 협박거리는 갖고 있어야 한다고 판단한 듯했다.

실제로 마약 거래 현장을 녹화하고, 자신과 관련된 모든 상황을 치밀하게 녹음해 두었다. 그것이 자신의 가족을 위험에 빠트릴 거라고는 생각지도 못한 채.

동영상 속 조직은 태수에게서 떨어져 나온 신생 조직이었다. 두목은 이후. 서혁도 이후의 잔혹함은 몇 번 들어 알고 있었다.

신생 조직은 검찰의 타깃이 되기 일쑤였다. 성장하기 전에 잡으면 손쉬운 데다 실적이 쌓이고, 후환이 없기까지 하니 놓치고 싶어 하지 않았다. 그 때문에 신생 조직은 다른 조직에 비해 겁이 없고 독했다. 서혁은 휴대폰을 태수에게 넘길 생각이었다.

급속도로 성장하는 이후를 없애려 벼르고 있던 세력이니 이 휴대폰 하나면 끝장낼 수 있었다. 알아서 검찰에 넘기고 남은 세력은 태수가 흡수할 거다.

지나치게 태수의 세력이 커지겠지만, 자신과는 상관없는 일이었다. 자신은 윤만 지키면 된다. 직접 손에 피를 묻히지 않고 이후를 처리할 수 있는 이 상황으로 충분했다.

끼익, 차바퀴가 바닥에 마찰하며 날카로운 소리를 냈다. 방향을 잃은 자동차가 텅 빈 골목길에 비스듬히 멈춰 섰다. 서혁이 몸의 중심을 잡을 즈음 팟, 하고 맞은편 차에서 헤드라이트가 켜졌다.

"형님."

태훈이 딱딱하게 굳은 얼굴로 서혁을 불렀다.

"언제부터야."

언제부터 미행이 따라붙었냐는 물음이었다.

"10분 전부터였습니다. 따돌릴 수 있을 거라고 생각했는데…… 죄송합니다."

태훈이 곤혹스러운 표정으로 그를 바라보았다. 서혁이 귀찮은 표정으로 창밖을 바라보았다. 앞을 가로막은 차의 문이 열리고 있었다.

"넌 여기 있어."

서혁이 내리자마자 헤드라이트를 켠 차에서도 장정 넷이 내렸다. 그들의 손에 쥐어진 잭나이프에서 빛이 반사되었다.

순식간에 장정 넷이 달려들었다. 허공으로 길게 뻗어 들어오는 주먹을 고개 젖혀 피한 서혁이 순식간에 그의 손에 들린 잭나이프를 빼앗았다.

"억!"

남자의 양쪽 어깨에 금세 잭나이프가 꽂혔다가 빠졌다. 이어 허벅지 두 군데가 찔려 바닥에 쓰러졌다. 순식간에 벌어진 상황에 남자 셋이 움찔하며 멈춰 섰다. 분명 보고 있었는데도, 서혁의 움직임이 보이지 않았다.

긴장한 채 허리를 낮게 숙이는 남자 셋에게 서혁이 느릿하게 다가왔다.

핑그르르, 그의 손에서 잭나이프가 위험하게 돌아다녔다. 한두 번 다뤄 본 솜씨가 아니었다. 셋 중 둘이 소리를 죽인 채 달려들었다.

서걱, 섬뜩한 소리에 이어 남자 하나가 쓰러졌다. 복부에서 피가 꿀렁거리며 쏟아졌다. 빨리 치료하지 않으면 목숨이 위험할 만큼 깊은 상처였다.

피를 덮어쓴 서혁이 느릿하게 고개를 돌렸다. 목덜미를 잡힌 남자가 컥컥거렸다. 믿을 수가 없었다. 분명 이쪽은 쳐다보지도 않았는데, 정확하게 목을 가격당했다. 서혁의 손에 힘이 더욱 실리고 동시에 남자의 몸에서 힘이 쭉 빠졌다.

기절한 남자를 바닥에 내던진 서혁이 홀로 멈춰 서 있는 남자를 향했다. 서혁과 눈이 마주친 남자가 흠칫했다. 까만 눈동자가 무감하게 자신을 응시했다.

"어디 쪽이지?"

서혁이 건조하게 물었다. 남자는 대답할 생각이 없다는 듯 잭나이프를 들고 달려들었다. 순식간에 남자의 머리가 자동차의 보닛에 내리꽂혔다.

움직임이 눈에 보이지 않았다. 왜 자신이 이러고 있는지 파악이 안 되던 남자가 밀려오는 통증에 얼굴을 와락 구겼다.

"어느 쪽이냐고 물었어."

건조한 목소리가 섬뜩했다.

"크, 크흑."

"이 이상은 안 물어."

"태수 형님……."

남자의 대답에 서혁의 입술이 길게 늘어났다. 여유로운 웃음이 달빛을 받아 섬뜩했다. 남자의 뒷목을 감싸 쥔 서혁의 손에 힘이 더욱 들어갔다.

"크흐흑."

남자가 고통에 몸부림쳤다.

"대, 대답했잖아!"

남자의 외침에 서혁이 천천히 허리를 굽혔다. 살짝 고개를 기울여 서혁이 남자의 귓가에 속삭였다.

"태수는, 자기 이름 불리는 거 싫어해."

"크윽."

"가서 이후한테 전해. 이딴 짓 안 해도 끝내 줄 테니까 명줄 재촉하지 말라고."

"……."

서혁이 남자의 뒷목을 풀었다. 동시에 푹 소리를 내며 남자의 오른쪽 팔에 잭나이프가 꽂혔다. 비명을 내지르며 남자가 피가 철철 흐르는 팔을 감싸 쥐었다.

"한 시간 안에 치료 안 하면 그 팔, 못 쓸 거야."

말을 마친 서혁이 돌아섰다. 잔잔히 부는 바람에 그의 머리카락이 날리었다. 방금 전까지 피가 튀는 싸움을 했다고 믿을 수 없을 만큼 서혁은 차분하게 걸어왔다.

자동차 안에서 그 광경을 지켜보고 있던 태훈은 낮게 한숨을 내쉬었다. 이후가 서혁을 얕보았다. 남자 둘을 처리하는 것이니 웬만큼 덩치 큰 성인 남자 넷이면 충분히 될 거라고 생각한 듯했다.

그러나 서혁이 입양된 후 가장 먼저 배운 것은 인체 구조와 급소였다. 그 뒤 배운 것은 길이가 1cm씩 다른 나이프로 상대의 급소를 찍어 내리는 것, 나이가 들어서 배운 것은 맷집 키우기였다.

타고난 체형과 발달시킨 맷집으로 웬만한 성인 남자 셋이 달려들어도 쓰러지지 않았다. 성격 자체가 잔혹하고 무딘 그를 호원이 더욱 잔인하게 키워 냈다. 저런 어설픈 놈들에게 당할 리 없었다.

서혁이 뒷좌석에 타자마자 바람 냄새와 피 냄새가 뒤엉켜났다.

"형님."

태훈의 부름에 서혁이 고개를 들었다.

"방금 이후가 태수 쪽을 쳤답니다."

"결과는?"

"예상치 못한 습격이라 타격이 크다고 합니다. 오늘은 만나지 않는 편이 좋을 것 같습니다. 이미 약속 장소도 이후 쪽이 점령했다고 합니다. 아마도 우리를 잡으려고 하는 것 같은데, 태수 쪽을 점령한 건 급습에 실패했을 때를 대비하기 위함인 듯합니다."

태훈의 생각에 서혁도 동의했다.

휴대폰이 검찰 쪽으로 넘어가게 되면, 태수 쪽이 검찰에 협력해 조직을 망가뜨릴 것은 보지 않아도 자명한 일이었다.

태수 쪽이 아니더라도 신생 조직을 밟으려는 곳은 한두 군데가 아니었다. 당하기 전에 미리 일을 치자는 것이 이후의 결단인 듯했다. 태수 쪽을 무리해서 쳤다는 것은, 죽을 각오를 하고 서혁을 찾겠다는 뜻이었다.

"이후가 집을 찾는 데 걸릴 거라 예상되는 시간은?"

"힘들겠지만, 만약 루트를 다 이용한다면 이틀 안에 찾아낼 겁니다."

비밀스럽게 지어진 저택이긴 하지만, 작정하고 찾는다면 못 찾을 것도 없었다. 몇몇은 서혁의 동태를 확인하기 위해 집의 위치를 알고 있었다. 다만 알고 있어도 서혁에게 덤빌 만한 세력이 없기 때문에 지금껏 움직이지 않고 있을 뿐이었다.

"차 돌려."

핸들을 돌리던 태훈이 백미러로 서혁을 보았다. 그는 생각에 잠긴 얼굴로 창밖을 바라보고 있었다. 그의 서늘한 옆모습에 왠지 모르게 가슴이 선득해졌다.

✳   ✳   ✳

깊은 어둠이 내린 밤이었다. 새까만 먹물을 바른 검은 하늘에 가느다란 초승달이 걸려 있었다. 창가에 선 서혁의 얼굴 위로 하얀 달빛이 타고 흘러내렸다.

저벅저벅, 문 너머로 다가오는 발소리가 들렸다. 발소리가 멎을 즈음 들리는 문 두드리는 소리에 서혁이 문 쪽으로 다가갔다.

"들어와."

윤이 문틈으로 조심스럽게 머리를 들이밀었다.

"간식, 드실래요?"

"아니."

"네."

윤이 아쉬운 표정으로 고개를 끄덕이더니 한 걸음 물러섰다.

"들어와."

조용히 문을 닫고 나가려는 윤을 서혁이 붙잡았다. 윤은 서혁이 잡고 있는 자신의 손목을 잠시 바라보다 서재로 들어섰다.

밤이 되자 서재의 침묵이 더욱 무겁게 와 닿았다. 그는 이런 침묵 속에서 무엇을 생각하고 있었을까. 스탠드 조명만이 서재의 귀퉁이를 밝히고 있었다.

"잠은?"

책상에 걸터앉은 서혁이 물었다.

"낮에 잤더니 잠이 안 와요."

윤이 옅게 웃었다. 일어나 보니 늦은 오후였다. 서혁이 외출했다는 이야기를 가사도우미로부터 전해 들었다. 이후 윤은 집안일을 하고 일기를 쓰며 시간을 때웠다. 그러다 그가 돌아왔다는 소식을 한참 만에야 들었다.

"간식 핑계로 찾아온 거 알고 있죠?"

윤의 물음에 서혁이 가볍게 고개를 끄덕였다. 서혁은 간식을 챙겨 먹지 않았다. 그 사실은 윤도 잘 알고 있었다. 서혁을 바라보던 윤이 주머니에서 무언가를 꺼내 내밀었다. 뭐냐는 듯 서혁이 무심히 바라보았다.

"초콜릿이에요."

서혁이 손을 뻗었다. 손바닥 위로 곱게 포장된 초콜릿 세 개와 넥타이, 그리고 케이크가 놓였다.

"시장 보러 가는 아주머니에게 부탁드렸어요. 케이크 좀 사 달라고요. 오늘 생일이잖아요. 따로 드릴 건 없고……. 이거 먹고 오빠가 행복해졌으면 좋겠어요."

자세히 보니 케이크도 초콜릿이었다. 서혁의 입술이 느릿하게 늘어났다. 언젠가 윤이 생일을 물었디. 서혁은 자신의 생일을 모르고 살았다. 그래서 '오늘'이라고 대충 대답했다. 그때부터 매해 같은 날 윤은 자신의 생일을 챙겨 주었다.

유일하게 자신의 생일을 챙겨 주는 사랑스러운 여자.

윤을 담은 서혁의 눈빛이 따스하게 변했다.

"충분해. 지금으로도."

그가 속삭였다.

"지금보다 더 행복해지길 바라요."

윤이 대답을 마치며 싱그럽게 웃어 보였다.

자신의 행복을 비는 여자.

태어나 처음으로 받은 선물이자, 행복. 초콜릿의 본 의미가 무엇인지 모르지만, 서혁에게 초콜릿은 '윤', 그 자체였다.

서혁이 초콜릿을 까서 입에 넣었다. 달콤한 향기와 동시에 싸할 정도로 단 느낌이 입안에 번졌다. 예전이라면 오만상을 찌푸렸겠지만 어느 정도 단련이 되어 녹여 먹을 수 있을 정도였다.

서혁이 윤을 끌어당겨 입을 맞췄다. 입술 사이로 초콜릿향이 확 퍼졌다. 키스가 끝난 후 윤이 불그스름한 얼굴로 눈을 데굴데굴 굴렸다. 침묵이 어색한 듯 미묘하게 웃던 윤이 몸을 살짝 돌려세우며 물었다.

"서재 구경해도 돼요?"

"그래."

서혁의 허락에 윤이 책장으로 걸어갔다. 그사이 서혁은 주호의 휴대폰을 서랍장에 챙겨 넣었다.

"고서가 많네요."

"아버지가 모으던 거야."

호원은 읽지도 않는 고서를 모았다. 고서에서 흘러나오는 향과 고즈넉함이 좋다고 했다. 언젠가 다 읽을 거라 호언하던 그는, 끝내 한 권의 고서도 다 읽지 못한 채 자살했다.

"다 읽었어요?"

"어느 정도는."

"우와."

윤이 짧게 감탄하며 책장을 들여다보았다. 차근차근 책장을 살피는 윤의 뒷모습을, 서혁이 조용히 바라보았다.

"오늘, 주호가 죽은 지 딱 한 달 되는 날이에요."

책상에 시선을 둔 채 윤이 말했다.

"그랬군."

딱히 위로할 말을 찾지 못한 서혁이 무심히 답했다. 윤도 별달리 대답을 들을 생각은 아니었던지 책장에서 핑글 몸을 돌려세웠다.

191

"이젠 조금 괜찮아요. 꿈에도 덜 나오고. 왠지 이 세상 어디엔가 주호가 살고 있을 것 같아요."

"……."

"주호가 제 걱정이 많이 됐나 봐요. 꿈에 나와 제 손을 잡고 엉엉 울더라고요. 제가 주호한테 말했어요. 오빠가 날 많이 챙겨 주고 도와준다고, 걱정하지 말라고요. 그러니까 거짓말처럼 울음을 그치는 거 있죠?"

윤이 작게 웃었다.

"잘했어."

서혁도 따라 미미하게 웃었다.

"이제 주호도 안심할 거예요."

"그래. 어디에 있든 주호가 행복하길 빌자."

"네."

서혁의 말에 윤이 눈물 가득한 눈으로 빙긋 웃었다.

다시 몸을 돌려세워 천천히 서재를 훑어보던 윤의 시선이 창가 옆에 놓인 액자에 닿았다. 스탠드 불빛을 받아 희미하게 보이는 그림 앞에 섰다. 커다란 액자 속의 그림은 위압적이었다.

추락하는 천사. 그 아래에서 손을 뻗어 받을 준비를 하는 악마. 한 손은 천사를 향해, 다른 한 손은 주먹을 꽉 쥐고 있다. 그중 가장 강렬한 것은 천사를 바라보는 악마의 표정이다. 보는 것만으로 가슴이 서늘해진다.

"이 악마, 표정이……."

윤이 말을 하다 말았다. 홀린 것처럼 악마의 표정을 바라보았다. 금방이라도 눈물을 흘릴 것처럼 처연한 눈동자, 길게 말아 올린 입꼬리. 우는 듯 웃는 그 표정이 안타까우면서 섬뜩했다.

윤이 고개를 돌려 서혁을 바라보았다.

"이 그림의 의미가 뭐예요? 혹시 작가한테 물어봤어요?"

윤이 물었다.

"어."

"뭐라고 하던가요?"

"악마가 천사를 사랑했대. 죄를 지은 천사가 추락하는 걸, 악마가 안타까워한다더군."

윤이 다시 그림을 바라보았다. 안타까워하는 눈동자다. 그렇지만 길게 늘여 웃고 있는 입술이…….

"동시에 즐거워한다더군."

"……."

윤이 멈칫한다. 서혁은 머릿속으로 전에 들었던 말을 떠올렸다.

사랑하기에 천사를 먼발치에서 바라보기만 했으나, 추락하여 자신의 품으로 떨어지는 천사가 더없이 사랑스럽다.

천사의 불행이 자신의 행복. 그러나 천사가 행복하길 바라는 악마의 바람. 그 이중적인 면모를 담은 그림이라고 했다.

서혁은 작가의 해석을 전해 주는 통역사의 말을 들으며 입술을 길게 늘였다. 그림을 사겠다고 말하는 그를 보며 작가는 무언가 이야기했다. 통역사가 화를 참으려는 듯 얼굴을 구겼다. 서혁이 묻자 통역사가 한참이나 머뭇거리다 말했다.

"당신을 조금 일찍 만났으면 좋았을 법했습니다. 방금 웃고 있던 그 표정을 악마의 얼굴에 넣을 수 있었다면 좋았을 텐데요, 라고 했습니다."

통역사는 무례하다며 화를 냈지만, 서혁은 그저 픽 웃고 말았다.

윤은 그림을 바라보고 있었다. 스탠드의 불그스름한 불빛이 고인 눈동자가 촉촉하다. 그녀의 옆얼굴이 그림 속 천사를 닮았다.

윤이 시선을 느낀 듯 천천히 고개를 돌려 서혁을 바라보았다.

"이 그림을 좋아해요?"

"어."

"왜요?"

"익숙해서."

너와 나를 닮은 듯해서.

서혁은 그 뒷말을 삼켰다.

"그랬구나."

윤이 혼잣말처럼 중얼거렸다.

"어때 보여, 저 악마? 무서워?"

잔혹한 성격이 고스란히 보이는 악마의 몸짓과, 웃고 있는 악마의 입꼬리를 사람들은 두려워했다.

결국 악마라며, 천사의 추락을 즐거워하고 있는 악마 새끼라며 그림을 보고 수군거리는 행인들의 이야기를 들었다.

윤도 두려워할까. 아마도 그럴 거다. 조폭 영화도 무서워서 못 보는 아이니까.

윤이 물기 어린 눈으로 물끄러미 그림을 바라보았다.

"불쌍해요."

"……."

"아주 많이."

"……."

"어두운 데서 오랜 시간 지켜보기만 했다면서요. 얼마나 힘들었을까요. 본래 사랑은 악마든 천사든 관계없이 공평하게 존재하는 거잖아요. 더불어 이기적인 속성을 갖고 있는 거고. 내가 오빠를 위험하게 만든다는 걸 알면서도 머무는 것처럼."

195

서혁의 눈가가 가늘어졌다. 윤이 천천히 고개를 돌려 서혁을 바라보았다. 윤의 눈동자에 처연한 슬픔이 어려 있다.

"미안해요. 이 악마와 다를 바 없어서. 오빠처럼 좋은 사람이 조폭 같은 나쁜 사람들에게 쫓기도록 만들다니."

윤의 입꼬리가 희미하게 위를 향했다. 눈은 우는데, 입술은 웃는다. 악마처럼. 함께할 시간이 곧 끝날 것처럼 처연한 표정이다.

서혁이 손을 뻗어 윤을 끌어안았다. 새까만 침묵 속에 맞닿은 심장이 쿵쿵 울린다. 서혁은 윤을 힘껏 끌어안은 채 그녀의 어깨에 이마를 가져다 댔다.

윤의 말대로 사랑은 공평하게 존재하되, 이기적인 속성을 갖고 있다. 그녀의 사과 앞에 사실을 토로하지 못하는 자신처럼.

"미안."

서혁이 꽉 막힌 목소리로 이른 사과를 건넸다.

"이 지겨운 싸움도 끝날 거야."

"……."

"곧 끝낼게."

윤은 자신을 부술 것처럼 끌어안는 서혁의 힘 앞에 숨을 쉴 수 없었다. 그래서 묻지 못했다. 지겨운 싸움이 무엇인지, 그가 끝내고자 하는 것이 무엇인지.

섬뜩한 기운이 등허리를 휘감고 지나갔다.

※　　　※　　　※

며칠 새 집 안의 분위기가 무겁게 가라앉았다. 정확히 3일 전 벌어졌던 사건 때문이었다.

정원에 나갔다 온 서혁의 손엔 나이프가 들려 있었다. 보는 것만으로도 위협적으로 느껴질 만큼 잘 벼린 날이 조명을 받아 번쩍거렸다. 나이프가 명패에 꽂혀 있었다고 했다. 명백한 협박이자 도발이었다.

2차로 누군가가 담을 넘다 경비원에게 걸렸다. 고문 끝에 이후가 보낸 킬러라는 것을 알아냈다. 집을 찾아낸 그는 본격적으로 윤과 서혁을 죽이려 하고 있었다.

이후 서혁은 집을 봉쇄시켰다. 외부 사람이 들어올 수 없고, 내부 사람이 나갈 수 없도록 막았다. 가사 도우미들은 거주가 가능한 세 사람을 제외하고 모두 돌려보냈다. 문은 하나를 남겨 놓고 전부 봉쇄되었고, 창문은 열림과 동시에 1층에 알람이 들어가는 센서를 작동시켰다.

서재 문을 밀고 들어선 태훈이 창가에 서 있는 서혁의 뒷모습을 바라보았다. 서혁은 태훈이 들어온 것을 알면서도 꿈쩍도 하지 않았다.

"안 주무십니까."

"먼저 자."

"오늘도 날 새실 겁니까."

서혁은 침묵으로 대답을 대신했다. 명패에 나이프가 꽂혀 있었던 날 이후로 서혁은 밤에 잠을 이루지 않았다. 보초를 서는 사람처럼 서재의 창가에 서 있다가 윤의 방으로 건너가 곤 했다.

윤은 서혁이 자신의 방에 잠을 자러 온다고 생각하고 있었지만, 서혁은 그녀를 보호하는 중이었다.

"인력을 풀어 주위를 지키고 있습니다."

"알아."

"마음이 안 놓이십니까."

서혁이 침묵을 지켰다. 목덜미에 칼이 들어와도 눈 한 번 깜빡하지 않던 사람이었다. 날 때부터 담이 컸던 데다 자라난 환경이 척박해 그의 건조함과 무신경함은 상당했다.

거기다가 그는 자신의 능력을 잘 알고 있었다. 쉽게 죽지 않는다. 죽고 싶어도 몸의 반사 작용이 뛰어나 정신을 차리면 어느샌가 상대를 압도하고 있었다.

그런 그가 두려워하고 있다. 누군가를 잃을 수 있다는 생각에. 서혁이 누군가에게 이토록 깊은 애착과 애정을 가진 것은 처음이었다.

태훈은 깊게 숨을 들이마셨다.

"보고 드리러 왔습니다."

그제야 서혁이 비스듬히 돌아섰다.

"태수 쪽 타격이 큽니다. 사업장 두 개를 잃었고, 하나는 완전히 부서졌다고 합니다. 이번 사건이 워낙 큰지라 검찰 쪽에서 막지 못해 언론에 보도가 되었습니다. 알아본 바에 의하면 대외적으로 알려진 것보다 이후 쪽 세력이 꽤나 성장한 듯합니다. 프리 킬러들을 고용해 반대 세력, 혹은 눈에 걸리는 세력들의 수장을 쳐내고 있습니다. 모두들 쉬쉬하고 있는데 이 때문에 몸을 사리는 것 같습니다. 이후가 죽지 않는 이상, 이 상황은 당분간 이어질 것으로 보입니다."

태훈의 말이 이어질수록 서혁의 눈이 가늘어졌다.

"다음 타깃이 우리가 될 확률은?"

설명은 생략하고 본론부터 말하라는 서혁의 태도에 태훈이 마른침을 삼켰다.

"백 프로입니다."

태훈의 대답에 그럴 줄 알았다는 듯 서혁은 느릿하게 고개를 끄덕였다.

서혁은 며칠간 이후에 대해 조사했다. 그의 태생부터 어느 조직을 거쳤는지, 지금의 자리에 서기까지 어떤 일이 있었는지 모두 전해 들었다.

보고서에는 차마 눈 뜨고 보지 못할 사건들이 많았다. 미제 사건으로 남은 것들도 모두 이후가 한 것이었다. 이후는 목표를 위해서라면 무엇이라도 할 수 있었다. 이 바닥의 사람들 대부분이 그렇지만, 이후는 유난히 더 잔인했다.

한 방에 죽일 수 있는 사람도 팔다리를 모두 잘라 낸 후 맨 마지막에 목숨을 끊었다. 기본적으로 타인의 고통을 즐기는 잔혹한 성격이었고 그 때문에 세력을 크게 키울 수 있었다.

"이후가 형님을 노리고 있습니다."

"그러라고 한 거니까."

윤에게서 관심을 떼어 놓기 위해 일부러 서혁은 이후의 목표가 되었다. 이후로서도 윤보다는 과거 명망 높았던 서혁을 죽이는 것이 자신의 이름을 떨치는 데 좋았다.

"이제라도 떠나시는 건 어떻습니까?"

태훈이 걱정스런 표정으로 물었다. 서혁의 입술이 늘어났다.

"여기 생태를 누구보다 잘 알 텐데."

해외로 숨은 적을 죽을 때까지 쫓아가는 것이 이곳의 생태다. 죽을 때까지 쫓기면서 살 수는 없다. 자신은 그렇게 살아도, 윤만큼은 그렇게 살게 할 수 없다.

"태훈아."

서혁의 부름에 태훈의 어깨가 잠시 움츠러들었다. 그가 자신의 이름을 부르는 일은 드물었다. 그리고 자신의 이름을 부를 때면 늘 감당할 수 없는 일이 벌어지곤 했다.

호원이 서혁에게 도움이 되지 않는다는 이유로 윤을 죽이겠다고 결정한 날, 서혁이 먼저 호원을 무릎 꿇게 했던 것처럼.

무릎을 꿇고 있는 호원에게 서혁은 권총 한 자루를 던져주었다.

"결정하십시오. 스스로 죽을 건지, 아니면 굶어 죽을 건지."

차라리 죽이라며 발악하는 호원에게 서혁은 옅게 웃으며 말했다.

"전 사람 안 죽입니다. 그렇게 배웠거든요. 좋은 쪽으로 결정하세요."

서혁은 웃으며 한 평짜리 시멘트 룸에 권총 한 자루와 호원을 밀어 넣었다. 30분 후 탕 소리와 함께 일은 정리되었다.

"이후, 지금 어디 있어?"

목소리가 바닥에 낮게 깔렸다.

"형님."

태훈이 말리듯 그를 불렀다.

"어디 있냐고."

서혁이 반쯤 돌아섰다. 서늘한 무표정의 반이 어둠에 먹혔다. 반만 드러난 눈빛이 차갑게 빛났다. 태훈은 섬뜩함에 몸을 움츠러뜨렸다.

호원을 없애기로 했던 날, 서혁의 표정도 저것과 같았다.

여유로움과 차분함 안에 감춰 놓은 냉정한 면모. 사람이 눈앞에서 피를 흘리며 죽어 가도 묵묵히 바라볼 것 같은 무감정함. 욕이 섞인 호원의 저주를 들으면서도 서혁은 눈빛한 번 흔들리지 않았다.

호원이 죽을 당시엔 이미 대부분의 사업장과 집안 관리를 서혁이 도맡고 있었고 호원의 강압적인 성향에 반발 세력이 많았던 터라 무탈히 흘러갔었다.

하지만 지금은 상황이 다르다. 신생 조직이긴 하나 이후는 조직에 잔뼈가 굵은 사람이다. 그를 따르는 사람도 상당했다.

"형님."

태훈이 그를 다급히 부를 때였다.

"태훈아."

그의 부름이 태훈의 말을 잘랐다. 태훈이 흠칫했다.

"다시 물을게."

"……."

"그 새끼, 어디 있어?"

무심한 말투와 상반되는 잔혹한 눈동자. 서혁이 완전히 탈을 벗었다. 호원이 서혁을 입양해야겠다 마음먹게 만든 눈동자이자, 이후 호원을 겁먹게 만든 눈.

태훈은 눈을 질근 감았다. 그를 막을 수 있는 것은 이제 아무것도 없다. 모른다고 대답했다간 자신이 죽는다. 태훈이 숨을 들이마시며 입을 열었다.

✳   ✳   ✳

"악!"

윤이 침대에서 몸을 벌떡 일으켰다. 서둘러 주위를 둘러보았다. 자신의 방이었다. 그 누구도 없었다. 그제야 윤이 몸에 힘을 풀며 고개를 푹 숙였다.

"헉, 헉."

가쁜 숨이 터져 나왔다. 악몽을 꿨다.

자신은 우산을 들고 좁은 골목길에 서 있었다. 서혁과 한 남자가 마주 서서 이야기를 나누고 있었다. 어느새 남자가 칼을 휘둘렀고, 서혁이 크흡 소리를 내며 무릎을 털썩 꿇었다. 갑자기 비가 내렸고, 서혁이 고개를 돌려 자신을 바라보았다. 그가 피에 젖은 손을 뻗었다.

울면서, 웃는 얼굴.

바닥에 발이 붙은 것처럼 꼼짝도 할 수 없었다. 빈 입술만 벙긋거리다 그가 쓰러졌고, 칼을 든 남자가 자신을 향해 서벅저벅 걸어왔다. 그 순간 비명을 내지르며 깨어났다. 분명 꿈속의 상황은 주호가 죽던 때와 같았다. 대상이 서혁으로 바뀌었을 뿐.

윤은 이부자락을 꽉 쥐었다. 젖은 이마에서 땀이 뚝뚝 떨어졌다.

서혁이 보고 싶다. 꿈이라는 걸 알면서도 그가 무사하다는 것을 확인하고 싶었다. 윤이 이마의 땀을 훔치며 자리에서 일어났다. 문을 밀고 나서던 윤은 때마침 계단을 내려가는 서혁을 보았다.

그의 이름을 부르려는데, 서혁의 뒷모습을 지켜보고 있던 태훈과 눈이 마주쳤다. 그가 흠칫하며 몸을 굳혔다. 그의 의아한 반응에 윤의 눈이 가늘어졌다. 그사이 쿵하고 문이 닫히는 소리와 함께 서늘한 바람이 몰아쳤다. 팔에 오소소 소름이 돋았다. 윤이 팔을 문질렀다.

"어디 가는 거예요?"

"일이 있으셔서요. 그럼."

태훈이 다급하게 자리를 옮기려는 것이 보였다.

"잠시만요."

윤이 붙잡자 태훈이 마지못해 돌아섰다.

"필요한 거 있으십니까?"

낮은 조도의 조명 아래에 멀찍이 마주 서 있어서 얼굴이 잘 보이지 않음에도 윤은 태훈이 난처해한다는 걸 느꼈다. 갑자기 꿈속의 상황이 떠오르면서 소름이 끼쳤다.

"무슨 일인지 물어도 될까요?"

"업무상의 일이라 말씀드릴 수 없습니다."

"평범한 비즈니스맨이라면 이 시간에 일이 있을 리가 없겠죠. 새벽 2시니까요."

"제가 드릴 수 있는 말씀은 없습니다."

"위험한 일을 하고 있나요?"

"……."

"이전부터 느꼈어요. 평범한 일을 하는 사람은 아닌 것 같다고요."

서혁은 유난히 기척에 예민했고, 밤에도 깊게 잠을 이루지 못했다. 가업을 물려받았다고 하나 그의 나이에 맞지 않게 거대한 이 집이 그러했고, 집 안을 돌아다니는 사람의 신분을 지나치리만큼 철저히 확인했다.

더군다나 그는 사업을 한다는 사람답지 않게 집에서 나가는 일이 드물었다. 아주 드물게 외출을 하고 오는 날이면 비린 향이 나곤 했다. 비 냄새와 섞인 피 냄새였다. 며칠 전엔 아예 집이 봉쇄되다시피 했다. 일반 사업을 하는 사람이 할 만한 행동이 아니었다.

"오빠는, 무슨 일을 하는 사람인가요?"

윤이 숨을 들이마시며 물었다.

어느 정도 짐작한 듯 말을 꺼내는 윤을, 태훈이 지그시 바라보았다. 안 좋은 꿈을 꾼 것처럼 파리한 안색과 커다란 눈엔 이미 눈물이 맺혀 있었다.

건드리면 사라질 것처럼 아슬아슬하면서도, 눈빛만큼은 강단이 있다. 태훈은 이 여자 때문에 서혁이 초콜릿을 먹는다는 것과, 액자를 샀다는 걸 알고 있었다.

지금 이 여자를 위해 제 목숨을 불태우러 갔다는 것도.

"윤에겐 알리지 마."

외투를 걸쳐 입으며 그가 말했다. 피가 묻어도 젖을 염려가 없는 가죽 재킷이 달빛을 받아 은은하게 빛났다. 그 재킷을 보며 태훈은 그러겠다고 대답했다.

"혹시 잘못되면 내가 알려 줬던 대로 해."

윤이 해외에서 거주할 수 있도록 도우라는 것이 서혁의 명이었다. 그리고 자신의 재산 중 일부를 제외한 나머지를 모두 윤에게 상속했다.

"직접 물어보십시오. 제가 드릴 말씀은 없습니다."

태훈이 씁쓸한 얼굴로 돌아섰다.

"말해 주세요."

윤이 간절한 목소리로 그를 붙들었다.

"저는 드릴 말씀이……."

"제발요."

"……."

애절한 목소리가 발목을 무겁게 잡는다. 태훈이 윤을 바라보았다. 눈동자에 눈물이 가득 고여 있었다. 절박함이 가득한 눈동자다.

"살아올 순 있나요? 느낌이 이상해서 그래요. 오늘따라 왠지 이상해서……. 꿈자리가 좋지 않았거든요. 제가 도울 수 있는 일이라도 있을까 해서 그러는 거니까, 제발 말해 주세요."

"말씀드리면 감당할 수 있으십니까?"

태훈의 진지한 물음에 윤이 흠칫했다.

다른 이들은 서혁을 두려워해도 태훈은 그를 존경했다. 신체적 능력뿐만 아니라 그의 정신력, 치밀함을 모두 존경했다. 그런 그가 판단력이 흐려진 것은 이 여자 때문이다. 고작 이 여자를 살리겠다고, 서혁은 죽음 한복판으로 걸어갔다.

별것 아닌, 이깟 여자 때문에.

태훈이 싸늘한 눈으로 입술을 열었다.

"감당할 수 없는 건 묻지 않는 게 맞습니다. 제가 드릴 수 있는 말씀은, 아가씨를 만난 후 사장님이 많이 변했다는 겁니다. 해서는 안 될 짓을 했고, 할 줄 몰랐던 행동을 보였고, 지금은 누구보다 평범한 사람이 되길 원하신다는 겁니다."

"……."

"사장님을 사랑하신다면 아무것도 묻지 마십시오. 짐작하신다고 해도 잊어버리고, 눈치채도 모른 척하십시오."

"……."

"사람에겐 보여 주고 싶지 않은 면도 있는 거니까요. 아가씨가 기억하실 건 사장님은 최선을 다하고 있다는 점입니다. 두 분이 살아남기 위해서."

말을 마친 태훈은 윤을 한참이나 바라보다 허리를 굽혀 인사한 후 돌아섰다. 멀어지는 태훈을 바라보던 윤은 더 이상 그를 붙잡을 수 없었다. 태훈의 말대로 모든 사실을 그대로 받아들일 자신이 없었다.

그러나 태훈은 모르고 있었다. 방금 그 말이 모든 사실을 말해 준 것이나 다름없음을.

자신의 예감이 맞았다. 서혁은 위험한 일을 하는 사람이었고, 주호를 죽인 사람들과 별다를 것 없는 일을 하고 있는 사람이었다.

윤은 눈을 내리깐 채 어둑한 바닥만 하염없이 바라보았다.

✳   ✳   ✳

"이 검사님, 이 길이 맞는 건가요?"

"확실해. 그러니까 입 닥치고 따라와."

이 검사가 비포장도로를 달리며 담배를 물었다. 덜컹거리는 차 안에서 김 검사는 고개를 갸웃거렸다.

"하아, 저는 믿기지가 않아요."

김 검사가 조수석에 등을 기대며 팔짱을 꼈다. 평소 존경하는 이 검사긴 하지만, 그가 꺼낸 말이 선뜻 믿기지 않았다.

"이후를 오늘 밤 잡을 수 있을 거다. 그러니까 준비해, 새끼야."

처음엔 동명이인을 말하는 줄 알았다. 그러나 곧 검사가 말하는 이후가, 얼마 전 검찰총장에게 사람의 새끼손가락을 보내 협박한 그 이후라는 것을 알았다.

검찰에서 온 힘을 다해 잡으려고 했으나 이후는 미꾸라지처럼 빠져나가며 세력을 불렸다. 그 뒤 범인을 알 수 없는 미제 살인 사건이 늘어났다. 피해자는 모두 이후와 척을 지고 있는 이들이었다.

개인적인 복수에 이어 거대한 거물급도 살해했다. 그러나 증거가 없어서 여태껏 손을 놓고 있을 수밖에 없었다.

"정말 잡을 수 있는 겁니까?"

김 검사가 불안한 표정으로 물었다.

"가 보면 알 거 아냐."

"누가 익명으로 신고라도 한 겁니까?"

"익명은 무슨."

이 검사가 얼굴을 구기며 불안한 듯 담배를 질겅거렸다.

그가 서혁을 만난 것은 몇 해 전, 유난히 장대비가 심하게 내리던 여름밤이었다.

귀가한 이 검사는 소파에 앉아 있는 서혁을 보았다. 처음엔 귀신인가 싶어 눈을 떼지 못했다.

자리에서 일어난 서혁이 '무례하게 침입해서 죄송합니다만, 여기 말고는 편하게 대화할 곳이 없을 것 같아서요' 라는 말을 하고서야 자신이 제대로 보았다는 것을 알았다.

상황 파악이 된 이 검사가 달려들었지만 서혁은 예상한 듯 손쉽게 피했다. 허공에 뻗어진 팔을 가뿐하게 잡은 서혁이 '어쭙잖게 힘 빼지 마시죠'라며 여유로운 표정을 보였다.

이 검사는 힘의 차이를 느꼈고, 싸워 봤자 자신이 패배할 거라는 사실을 깨달았다. 서혁은 망연자실해 있는 이 검사를 끌어다 소파에 앉혔다. 이 검사는 서혁을 올려다보았다. 마주 보고 있을 뿐인데 온몸이 내리눌리는 상당한 위압감이 느껴졌다.

평범한 사람은 아니었다. 평범한 사람이었다면 검사 집에 홀로 무턱대고 찾아오지도 않았겠지만.

"시간이 별로 없으니 바로 이야기하겠습니다. 어젯밤 비극적이게도 이호원 씨가 자살했습니다."

"자……살? 그 새끼가 자살? 무슨 개소리야! 그 새끼가 어떤 새끼인데!"

이 검사가 이를 바득바득 갈았다. 호원을 잡기 위해 최선을 다했으나 머리카락 한 올 잡을 수 없었다. 부장 검사는 무슨 이유에서인지 검거를 허락해 주지 않았고, 동료 검사들은 두려워했다. 이 검사가 어금니를 꽉 깨문 채 달려들 것처럼 서혁을 노려보았다.

"자살할 사정이 생기면 어떤 새끼든 죽기 마련이죠."

"나한테 그걸 알려 주는 이유가 뭐야?"

"방에 서류 봉투가 있을 겁니다. 이호원의 사체, 그가 자살할 때 쓴 권총, 그가 자살할 수밖에 없던 계기가 담겨 있을 겁니다. 이호원의 세력은 와해되었으니 이 검사님께서는 발 뻗고 주무실 수 있겠군요."

이 검사는 얼굴을 구긴 채 서혁을 쳐다보았다. 이호원이 자살할 수밖에 없었던 이유는 왠지 눈앞의 남자일 것 같았다.

"넌 누구지?"

"검사님과 똑같이 이호원에게 원한이 있는 사람이라고 해 두죠."

이 검사가 이를 아득 깨물었다.

오래전, 호원을 잡겠다며 의기양양하게 나섰던 동생은 몸이 네 조각 난 채 돌아왔다. 그때부터 이 검사는 누구보다 호원을 잡기 위해 애를 썼지만, 잡을 수 없었다. 그런데 이렇게 허무하게 시체로 자신의 손에 들어오게 된 것이다.

"나한테 알려 주는 이유는?"

"누구보다 깔끔하게 일을 처리해 주실 것 같아서죠. 미리 말씀드리지만 이 근방의 CCTV는 대부분 고장 났을 겁니다. 이 집 안 어디에도 제 지문은 없을 거고, 증인이나 무단 침입의 증거 또한 없을 겁니다."

자신을 잡을 생각 따윈 하지 말라는 뜻이었다.

"언젠가 또 도울 일이 있으면 연락드리죠."

서혁은 그 말을 남긴 후 유유히 사라졌다.

그가 사라진 후 이 검사는 방으로 달려갔다. 그의 말대로 서류 봉투가 놓여 있었다. 모든 상황이 일목요연하게 정리된 서류에는 이 검사가 호원의 시체를 찾게 된 알리바이까지 있었다.

호원은 서혁이 표시한 곳에 시체로 남아 있었다. 국과수에 보고한 결과 자살이라고 했다. 이 검사는 그 일로 검사계의 전설로 남았다.

그렇게 몇 해가 흐른 어젯밤, 연락이 왔다.

"이후가 있는 곳을 알려 드리죠. 시간은 새벽 3시. 위치는……."

전화는 위치만 말한 후 뚝 끊어졌지만 목소리만 듣고도 서혁이라는 것을 알았다. 한 시간 떨어진 거리였기에 이 검사는 새벽 2시에 믿을 만한 김 검사를 대동해 움직였다. 비포장도로를 한참 달릴 때였다.

탕!

요란한 총소리에 이어 푸드득 새가 나는 소리가 들렸다.

"이, 이게 무슨 소리예요?"

김 검사가 몸을 퍼뜩 일으키며 물었다. 이 검사가 물고 있던 담배를 재떨이에 비벼 껐다.

"나도 몰라. 일이 어떻게 돌아가고 있는 거야."

이 검사가 속도를 높여 달려갔다.

평소처럼 나이트클럽 두 군데를 돌고 집에 도착한 이후는 자신의 안방에 누군가 서 있다는 것을 깨달았다. 총을 겨누기도 전에 이미 어둠 속에서 철컥 소리가 났다.

손이 느리군, 이라고 말한 남자가 천천히 걸어왔다. 거실의 불빛에 남자의 얼굴이 드러났다. 새하얀 얼굴에 차분한 표정, 살짝 고개를 기울인 채 바라보고 있는 눈빛이 냉랭했다. 처음 보는 얼굴이었다.

"두 손 들어."

서혁의 말에 이후는 입술을 씹으면서도 어쩔 수 없이 팔을 들었다. 서혁은 이후의 등에 총을 가져다 댔다.

"여기가 대장. 여기 맞으면 그럭저럭 살 수도 있어."

총부리가 서서히 올라왔다.

"여기라면 말이 다르겠지만."

왼쪽 심장. 총부리는 등에 닿았지만, 쏘는 즉시 심장을 관통할 위치였다. 이후가 숨을 멈췄다. 그는 오랜 시간 조직에 머물면서 잔뼈가 굵은 사람이었다. 이 남자라면 자신을 쏠 수 있다. 그 이상의 짓도 할 수 있을 거라는 예감이 들었다.

"걸어가."

서혁이 이후를 앞장세운 채 걸어갔다. 조직원들이 서 있는 곳을 교묘하게 피해 지하 주차장으로 데려갔다. 이후를 운전석에 태운 후, 그는 뒷좌석에 앉았다.

이후에게 운전을 시켜 달려간 곳은 한 시간 정도 떨어진 외곽의 폐허였다. 눅눅한 습기와 피 냄새가 엉겨 있는 공간이었다. 위험하다는 것을 인지한 이후가 몸을 틀며 반격을 꾀했으나, 서혁이 먼저 그의 움직임을 읽었다. 이후의 팔이 순식간에 뒤로 꺾였다.

서혁은 비명을 내지르는 이후를 구석진 방에 던지듯 밀어 넣은 후 총을 던졌다. 쾅, 소리와 함께 문이 닫혔다. 시멘트 바닥에 머리를 들이박은 이후가 눈을 떴을 땐 문이 굳게 닫혀 있었다.

"문 열어! 이 새끼야! 너 누구야! 내가 가만히 둘 것 같아!"

이후가 서둘러 재킷 안으로 손을 넣었다. 휴대폰이 없다. 이곳저곳을 다 뒤졌지만 지갑도 남아 있지 않았다.

"휴대폰, 지갑, 열쇠. 가진 것은 이게 전부군."

두꺼운 철문 너머로 목소리가 들렸다.

"대체 언제……!"

이후가 붉으락푸르락한 표정으로 닫힌 문을 노려보았다. 더 이상 대답이 돌아오지 않았다. 이후가 주위를 둘러보았다. 손바닥의 반도 안 되는 벽에 난 구멍으로 달빛이 희미하게 새어 들어오고 있었다.

"여기가 어디야! 나한테 무슨 짓이야! 이 새끼가! 지금이라도 풀어! 그렇지 않으면 널 찢어 죽일 거다."

큭, 들리는 비웃음에 이후의 얼굴이 와락 구겨졌다. 이후가 바닥에 놓인 총을 집어 들었다. 철문에 대고 총을 쏘았다. 탕 소리와 함께 총알이 박힐 뿐, 문은 뚫리지 않았다. 이후가 입술을 씹었다.

"총알이 세 알인데, 방금 하나 썼으니 기회는 두 번 남았 군."

"뭐?"

"결정해. 굶어 죽을지, 알아서 죽을지."

서혁의 말에 이후의 얼굴이 하얗게 질렸다.

"벽면에 핏자국이 있을 거야. 총알을 다 쓰고 거기서 굶어 죽은 새끼가 있어. 들리는 말에 의하면 살려 달라고 벽면을 긁다가 손톱이 모조리 빠져서 피를 흘렸다고 하더군."

이후의 시선이 벽면을 향했다. 열 가닥의 마른 핏자국이 길게 이어져 있다.

"자신의 손으로 긁으면 시멘트 벽면이 뚫릴 거라고 생각 한 거지. 난 5분 후면 갈 거야. 잘 결정해."

"하, 하하, 하하하!"

갑작스레 이후가 목을 젖히며 웃었다. 바닥에 앉은 그가 닫힌 철문을 노려보며 말했다.

"네가 누군지 이제야 알겠군. 네가 서혁인가? 이호원의 양 자 새끼. 하나만 알고 둘은 모르는군. 내가 이렇게 허술하게 죽을 거라고 생각했나? 윤인가 뭔가 하는 여자 때문에 날 찾 아온 모양인데, 늦었어. 네가 날 여기까지 끌고 온 건 실수 다. 아주 큰 실수야."

그 말을 마치기가 무섭게, 저벅저벅 수많은 사람의 발소리가 들렸다. 이후의 입술이 길게 늘어났다. 집 안에는 10분에 한 번씩 그가 안전한지 확인하는 시스템이 있었다. 그가 없으면 그의 수행 조직원이 문을 밀고 들어와 확인했다. 이후가 사라진 것을 알게 된 조직원이 휴대폰으로 그의 위치를 파악한 것이다.

"그렇군. 얕봤군."

철문 너머에서 고저 없는 목소리가 들렸다.

"그러니까."

이후가 씩 웃었다.

우당탕탕 소리와 함께 거친 소리가 들렸다. 누군가의 비명이 끝없이 이어졌다. 푹 하고 살이 찢어지는 소리, 쓰러지는 소리가 한데 뒤엉켰다.

바닥에 앉아 권총을 만지작거리며 웃고 있던 이후의 눈썹이 움찔했다. 싸움 소리가 지나치게 길어졌다. 각기 다른 비명 소리가 끝없이 이어졌다. 이쯤 되면 문이 열릴 시간임에도 여전히 누군가의 비명이 이어졌다.

이후가 눈을 치켜떠 철문을 노려보았다. 자리에서 벌떡 일어난 그는 엄지손가락만 한 구멍에 눈을 가져다 댔다. 이후의 눈이 크게 벌어졌다.

열 명의 수행원이 쓰러진 가운데 서혁이 우뚝 서 있었다. 가죽 재킷을 타고 누구의 것인지 모를 피가 주르륵 흘러내렸다.

서혁이 천천히 고개를 들어 이후의 눈을 보았다. 감정이 없는 메마른 눈동자가 그를 응시했다. 그의 눈동자가 말하는 듯했다. 쓸데없는 짓 그만하고 어서 죽으라고. 이후의 눈이 시뻘겋게 변했다.

"내가 널 얕봤군."

이후가 깨문 잇새로 말했다.

호원이 자살한 이후로 양자인 서혁이 사업을 물려받았다고 들었다.

서혁은 사업장을 관리하기보단 대부업에 치중하며 모습을 드러내지 않았다. 그렇기에 그에 대한 정보는 미비했다. 굉장히 머리가 비상하다는 것과, 말수가 적다는 것, 표정이 없다는 것 정도만이 알려진 소문의 전부였다.

싸움에 관련된 이야기는 없었기에, 혼자서 이토록 많은 수의 사람을 해치울 만큼 강할 것이라고는 예상하지 못했다. 미끈한 얼굴만 보고 얕본 것이 문제였다.

서혁이 이후를 물끄러미 바라보며 말했다.

"모두들 그렇게 말하더군. 얕봤다고. 휴대폰은 내가 가져가지. 아마 이 휴대폰은 전국을 돌 거다. 네 조직원들도 전국을 함께 돌겠지. 네 목숨은 네가 결정해."

서혁이 돌아섰다. 그의 걸음을 따라 피가 뚝뚝 떨어졌다. 이후가 악에 바친 소리를 내질렀으나, 서혁은 돌아서지 않았다. 이후가 쓰러진 조직원들에게 소리 질렀다.

"일어나! 일어나라고, 이 새끼들아!"

그러나 열 명의 조직원 모두 미동이 없었다. 이후가 불안한 듯 호흡을 뱉었다. 주변을 둘러보았다.

손바닥의 반만 한 구멍에서 희미하게 들어오는 달빛, 발을 뻗을 수 없을 만큼 좁은 공간, 누군가가 발악하듯 긁어 놓은 벽면의 핏자국들이 섬뜩하게 가슴을 할퀴었다.

폐쇄된 공간에 홀로 남자 급격한 공포가 밀려들었다. 숨을 들이마셔도 숨을 쉬고 있는 것 같은 기분이 들지 않았다.

바닥에 앉은 이후는 열 명 중 한 명이라도 눈을 뜨길 기다렸다.

으르렁, 어디선가 낮게 우는 짐승의 소리가 들렸다. 문득 자박자박 걸어오는 소리에 이후가 철문에 눈을 가져다 댔다.

늑대인지 들개인지 모를 것들이 서서히 폐허로 발을 들였다. 바닥에 누워 있는 사람들 주변을 빙글빙글 돌던 짐승이 어느 순간 목덜미를 물었다.

"으악!"

누군가가 비명을 내질렀다. 금세 산짐승이 달려들었다. 기절 상태였던 조직원들은 산짐승에게 속절없이 당했다. 끔찍한 광경과 더불어 비릿한 피 냄새가 폐허를 가득 메웠다.

시뻘건 눈의 산짐승이 고개를 돌려 철문에 붙어 있는 이후를 보았다. 경계하는 듯, 혹은 경고하는 듯 이후에게 시선을 둔 채 조직원들을 물어뜯었다. 이후가 뒷걸음질 치며 다급하게 구멍 밖을 보았다.

산밖에 보이지 않았다. 서혁이 움직이는 대로 조직원들도 그의 뒤를 쫓고 있겠지. 이곳을 찾을 확률은 희박했다. 이곳에서 굶어 죽을 수는 없다.

이후가 벽면을 보다 떨리는 손으로 권총을 쥐었다. 홀로 남아 비굴하게 벽면을 긁으며 굶어 죽는 짓 따윈 하지 않는다.

이후는 숨을 들이마시며 머리에 권총을 가져다 댔다.

"죽어서도 널 가만히 두지 않을 테다."

시뻘겋게 변한 눈으로 철문을 노려보던 이후가 방아쇠를 당겼다.

탕!

벽면으로 피가 튀었다. 시뻘건 이후의 눈이 천장을 향했다.

"윽, 이게 무슨 냄새입니까."

김 검사가 코를 틀어막으며 폐공장에 들어섰다. 불이 켜진 허름한 폐공장 위에 자리한 조명이 바람을 따라 흔들렸다. 바닥에 늘어진 것이 보일 듯 말 듯 했다. 억지로 눈에 힘을 준 채 쳐다보던 김 검사가 비명을 내지르며 바닥에 주저앉았다.

"저, 저, 저거 사, 사람 아닙니까!"

김 검사가 가리키는 방향을 보던 이 검사가 눈살을 찌푸렸다. 코를 틀어막은 채 들어가던 이 검사가 한숨을 내쉬었다.

"짐승 짓이구만."

"짐승이요? 짐승한테 사람 열 명이 이렇게 속절없이 당했다고요? 대체 이게 무슨 일입니까?"

"연락해서 사람들 불러 모아. 이건 우리 둘이서 해결할 일이 아니야."

"대체 이게 무슨……."

"어서!"

"네, 네!"

김 검사가 얼른 주머니에서 휴대폰을 꺼냈다. 김 검사가 연락하는 동안 이 검사가 담배 한 개비를 꺼내 입에 물었다.

얼굴만 겨우 알아볼 만큼 처참한 꼴이었다. 산짐승에게 당하기 전 기절했었거나 혹은 죽어 있었을 거다. 여기저기 발악한 흔적으로 봤을 땐 기절시킨 모양이었다.

"전 살인은 안 합니다. 그들이 알아서 하도록 두죠."

언젠가 그가 했던 말이 떠올랐다.

더럽게 똑똑한 새끼 같으니.

이 검사가 고개를 절레절레 흔들며 천천히 폐공장 안을 둘러보았다. 닫혀 있는 네 개의 문 안에는 또 얼마나 끔찍한 상황이 있을지.

저 네 개의 문 안에 이후가 있을 게 확실했다. 아마 죽어 있겠지. 아무리 조사를 해도 서혁에 관한 건 단 하나도 나오지 않을 거다. 그는 증거를 남기지 않으니까.

이 검사가 서늘해진 목덜미를 문질렀다. 동시에 그의 말을 기억해 냈다.

"이번이 마지막일 겁니다. 앞으로 연락드릴 일도, 문제를 일으킬 일도 없을 겁니다. 제가 드릴 부탁은, 앞으로 조용히 살 수 있도록 저를 찾지 말아 달라는 겁니다."

연락을 끊기 전, 서혁이 차분한 목소리로 말했다. 그의 목소리는 몇 해 전처럼 고저가 없었으나 전과 어딘가 조금 달랐다. 희미하게 절박함이 느껴졌다.

그 절박함 때문이 아니더라도 이 검사는 서혁을 찾지 않을 생각이었다. 자신이 만난 사람 중 가장 무서운 자는 각종 범죄에 다리를 걸친 호원도, 연쇄 살인 사건을 일으키는 이후도 아니었다. 서혁, 그였다.

괜히 들쑤셔 그가 조용히 살기를 포기하고 나선다면 일이 복잡해진다.

더군다나 서혁을 찾아낸다고 한들 그가 범죄를 저질렀다는 사실을 입증하기도 어려웠다. 현재 그가 하는 사업이라고 알려진 것은 고위층을 대상으로 한 대부업뿐이었으니까.

"찾아도 나오지 않을 거면서."

이 검사가 끙 하고 앓으며 혼잣말을 중얼거렸다.

"네?"

김 검사가 되물었다.

"아냐. 연락은?"

"했습니다. 곧 올 겁니다."

"그래, 잘했어."

"그런데 대체 누가 신고한 겁니까?"

"나도 몰라. 익명의 전화를 받았다니까."

"역추적해 보라고 할까요?"

"해 봐."

해도 나오지 않을 거다. 허술하게 처리할 놈이 아니다. 이전에도 주변 CCTV를 다 뒤졌지만 1km 반경에 그의 모습이 찍힌 것은 단 하나도 없었다.

"근데 대체 왜 이런 짓을 하고 이 검사님에게 신고를 한 걸까요?"

"글쎄."

이 검사는 대충 대답하며 담배를 깊게 빨아마셨다. 이유는 모르겠지만 목적은 알 듯했다. 이후가 죽은 것을 공공연하게 알리고 그의 조직을 와해시킬 생각이겠지. 수장이 죽은 조직은 와해되기 쉽다. 더욱이 얼마 전 이후에게 당한 태수가 틈을 노리고 있다는 걸 알고 있었다.

태수 배만 부르겠네.

이 검사가 씁쓸한 표정으로 담배 연기를 깊게 빨아들였다.

"그나저나 마지막 일, 거하게 해 놨네."

바닥을 스윽 훑어본 이 검사가 보기 싫다는 듯 시선을 돌려 외면했다.

어둠이 깊게 내린 집 안이 고요하다. 어디선가 긴 바람 소리가 들렸다. 방음이 잘되어 있는 집인데 이렇게 들릴 정도면 바람이 제법 거친 듯했다.

윤은 2층으로 올라가는 계단에 쭈그려 앉아 있었다. 잠옷 위에 카디건을 걸친 채 닫힌 문만 물끄러미 바라보았다.

생각해 보면 그가 어떤 일을 하는 사람인지 어렵지 않게 짐작할 수 있었다. 자신이 협박 당할 때마다 구해 주던 서혁. 평범한 사람이었다면 지금쯤 죽었어도 이상할 게 없는데 이곳은 안전했다. 마치 요새처럼 다른 사람들이 발을 들이지 않았다.

태훈도 범상치 않았고 집 주변을 돌아다니는 사람들 또한 평범하지 않았다. 이제 서혁이 어떤 일을 하는 사람인지 알 것 같다.

그가 조폭이라, 상상이 가질 않는다. 그러나 지금은 그가 어떤 일을 하는 사람이든 살아만 왔으면 좋겠다.

윤은 절박한 표정으로 문만 바라보다가 무릎 사이로 얼굴을 묻었다. 스쳐 지나가던 그의 옆모습이 아직도 머릿속에 어른거린다. 결연한 표정과 군더더기 없던 걸음. 그는 얼마 전부터 무언가를 결심한 듯 알 수 없는 소리를 하곤 했다. 조바심이 생긴 윤이 무릎을 있는 힘껏 끌어안았다.

그 상태로 윤은 서혁이 없는 삶을 상상해 보았다. 끝없는 사막에 홀로 떨어진 것처럼 외롭고, 무섭다. 소름끼치도록 절망적이다. 이제 이 땅에 자신을 사랑하는 사람은 그 누구도 없다. 윤이 괴로운 얼굴로 몸을 웅크렸다.

스윽, 소리 없이 문이 열렸다. 바람이 문 틈 사이로 길게 불어와 머리카락을 날렸다. 윤이 고개를 번쩍 들었다. 저벽

저벅, 발소리가 이어진다. 달빛을 등진 서혁의 그림자가 바닥에 길게 늘어졌다.

동시에 뚝, 뚝 바닥으로 액체가 떨어졌다. 그가 손바닥으로 옆구리를 눌렀다. 울컥하고 터져 나온 피가 주르륵 흘러내리는 모습이 실루엣으로 보였다. 바람에 피 냄새가 섞여 있다.

잠깐 신음을 흘린 서혁이 빠르게 고개를 들었다. 타인의 기척을 읽었다. 1층 거실의 불을 켠 서혁이 멈칫했다.

윤이 계단에 앉아 그를 물끄러미 바라보고 있었다. 그녀의 입술이 자그맣게 벌어졌다. 머리부터 발끝까지 피를 덮어쓴 그의 모습이 드러났다. 저것이 모두 그의 피였다면 서혁은 지금쯤 서 있을 수 없을 것 같았다. 막상 서혁이 저 꼴로 나타나자 윤의 가슴이 철렁 내려앉았다.

"어디 다녀와요?"

윤이 착 가라앉은 목소리로 물었다. 서혁은 대답하지 않았다. 먹먹한 침묵이 내려앉았다.

서혁은 윤을 물끄러미 바라보았다. 보이고 싶지 않던 실체를 보였다. 오늘만 넘기면 다시는 보이지 않을 수 있었는데, 마지막이라 생각했는데 들키고 말았다.

서혁의 옆구리에서 느릿하게 핏방울이 흘러내렸다. 통증을 잊은 듯, 그의 얼굴이 절망으로 물들었다. 이어 그럴 줄 알았다는 체념한 표정을 지었다. 자신의 행복이 지금껏 이어진 것만으로도 대단하다는 듯 자조적인 웃음이 걸렸다. 그의 입술이 서서히 벌어졌다. 입술 끝이 위를 향하고, 눈매는 처연하게 내려앉는다.

입은 웃고, 눈은 운다.

부는 바람에 사라질 것 같은 허망한 웃음.

보는 것만으로 가슴이 내려앉는다. 윤이 힘주어 입술을 오므렸다.

"제가 드릴 수 있는 말씀은, 아가씨를 만난 후 사장님이 많이 변했다는 겁니다. 해서는 안 될 짓을 했고, 할 줄 몰랐던 행동을 보였고, 지금은 누구보다 평범한 사람이 되길 원하신다는 겁니다."

태훈의 말이 귓가에 뱅뱅 돌았다.

"사람에겐 보여 주고 싶지 않은 면도 있는 거니까요. 아가씨가 기억하실 건 사장님은 최선을 다하고 있다는 점입니다. 두 분이 살아남기 위해서."

그가 어떤 사람인지는 알고 싶지 않다. 태훈의 말처럼, 기억해야 할 것은 서혁이라는 사람이 자신에게 최선을 다하고 있다는 거다.

자신을 위해 피를 뒤집어썼고, 자신을 위해 희생을 감내했다. 그 이유가 아니더라도 이제 자신은 서혁을 떠날 수가 없다.

"오빠, 우리 떠날래요?"

"……."

"아무도 우리를 모르는 곳으로."

그가 있어야 자신이 호흡할 수 있다.

"거기서 우리가 누군지, 무엇을 했는지, 잊어버려요."

서혁이 어떤 과거를 갖고 있는지 묻지 않을 생각이었다. 바로 몇 시간 전 그가 어떤 일을 했는지도. 중요한 것은 그가 한 일이 아니라, 그라는 사람 자체다.

잠시 느리게 눈을 감았다 뜨던 서혁이 설핏 웃었다. 그의 입술이 길게 벌어질수록 눈동자엔 깊은 슬픔이 어린다.

"내가 무섭지 않아?"

"안 무서워요."

"나랑 있으면 위험할지도 몰라."

그답지 않게 목소리엔 힘이 하나도 없었다.

"날려 보내지 않을 거라면서요."

윤의 말에 서혁이 입을 다물었다. 그가 당장이라도 사라질 것같이 애처롭다. 온통 피투성이를 하고 있는 악마의 모습인데, 그는 이렇듯 아름답고, 안타깝다.

잠시 마른 입을 달싹이던 서혁이 착 가라앉은 목소리로 말했다.

"기회를 줄게."

"……."

"네 삶을 살 수 있는 기회."

서혁의 표정이 변한다. 입술은 웃고, 눈은 운다. 진심이 아닌 고백이다.

가지 마. 날아가지 마.

그의 눈이 그렇게 말한다.

안타까운 나의 악마.

윤의 입술이 천천히 벌어졌다.

"제가 원하는 제 삶은 오빠랑 함께하는 거예요."

윤의 대답에 서혁이 웃는다. 그림 속 악마처럼, 제 품에 떨어지는 천사가 한없이 사랑스러우면서 안타깝다는 표정이다.

서혁이 손을 뻗었다.

"이리 와."

그림 속 애절하게 천사를 사랑하는 악마처럼 그가 속삭인다. 자리에서 일어난 윤이 천천히 내려가다 이내 빠르게 달려 그에게 안겼다. 노란 빛의 잠옷이 새빨간 피에 물들어 간다.

서혁은 윤의 머리카락을 천천히 쓰다듬어 주며 그녀의 머리에 입술을 맞췄다.

"그래. 가자."

"......"

"누구도 우리를 모르는 곳으로."

서혁의 속삭임에 윤은 있는 힘을 다해 그를 끌어안았다. 애틋한 손짓으로, 애절한 몸짓으로, 절박한 마음을 담아 서로가 서로에게 온기를 전달했다.

에필로그

구름 한 점 없는 쾌청한 하늘 아래 작은 집들이 드문드문 놓여 있었다.

동화 속 그림처럼 길게 이어진 집들 끄트머리로 자그마한 책방이 자리했다. 창고를 개조해 만든 작은 책방엔 고서들로 가득했다.

동양서와 서양서가 비슷한 비율로 자리한 책장에선 오래된 책 냄새가 풀풀 풍겼다. 볕이 닿지 않고 통풍이 잘되는 자리에 보기 좋게 꽂힌 책들을 마저 정리하던 남자가 고개를 들었다.

「리.」

남자의 부름에 책 정리를 하던 동양 남자가 고개를 들었다. 거대한 덩치의 남자는 책방에 들어오다 배로 책장을 밀어 버릴 뻔하고는 그 자리에 멈춰 섰다.

「또 사고를 칠 뻔했군.」

「괜찮아, 모르텐.」

리라고 불린 동양 남자가 자리에서 일어났다. 백인 남자보다 한참이나 큰 키였다. 모르텐은 리를 향해 웃으며 들고 있던 종이 가방을 건넸다.

「요즘은 볕이 너무 강해. 책을 들고 다니기 곤혹스러울 정도야.」

모르텐이 내민 종이 가방을 받아 든 리가 그 안을 확인했다. 한 달 전 빌려 간 동양서 세 권이었다.

「리.」

모르텐의 부름에 리가 고개를 들었다.

「이 책들 나한테 팔라니까. 일하지 않고도 먹고 살게 해 줄게. 이게 경매 시가로 5만 달러라고 하니까, 내가 두둑이 쳐서 8만 달러 주겠네. 어때?」

모르텐은 노르웨이에서도 거부로 알려져 있었다. 그는 특히 오래된 동양서를 좋아했다.

집 안에 상주 중인 번역가에게 그 내용을 번역해 달라고 부탁해 읽기를 즐겼다.

그러나 더 좋아하는 것은 난해한 언어로 적힌 동양서, 그 자체의 느낌이었다.

그래서 그는 읽을 줄도 모르는 동양서를 집 안에 한가득 수집해 놓고서 밤낮으로 훑어보는 괴짜였다.

「미안, 모르텐. 난 이게 좋아.」

「쯧쯧, 이 비싼 책들을 대여만 하다니. 아까워. 팔면 자네는 지금보다 거부가 될 거란 말이야. 뭐, 그거야 자네의 마음이지만. 혹시 생각이 바뀌면 말하게. 내가 가장 먼저 살 테니까.」

「알았어.」

리가 옅게 웃었다. 편안해 보이는 리의 웃음을 보고 마주 웃던 모르텐은 약속이 있다며 가게를 나섰다.

리는 그가 반납한 책을 깨끗하게 닦아 보기 좋은 곳에 진열했다.

노르웨이에 온 지 2년. 서혁은 '리'라는 이름의 동양인으로 신분을 세탁해 고서들을 대여해 주는 일을 했다.

처음엔 한 달에 한 명 올까 말까 하던 사람들이 이젠 하루에 한둘로 늘어날 만큼 유명해졌다.

그가 소유한 책은 대부분 이제는 절판된 고서로, 방문자 중 하나가 인터넷에 올린 사진으로 화제가 되었다.

서혁의 책방에 들른 이들은 모두들 책을 팔라고 성화였지만, 서혁은 단호하게 거부했다.

「이걸 팔아 버리면 내가 할 일이 없어지잖아.」

그가 고서들을 대여만 하고 팔지 않는 이유였다. 사실 서혁은 고서들을 좋아하긴 했지만, 아끼진 않았다.

더군다나 책들을 하루에 한 권씩 대여하는 것만으로도 먹고 살 만했다. 물론 이 일을 하지 않아도 죽을 때까지 먹고 살 돈은 충분했지만.

"오빠."

자신을 부르는 소리에 서혁이 고개를 들었다. 검은 머리를 한 가닥으로 묶은 윤이 햇살을 등진 채 환하게 웃고 있었다. 하얀 니트에 와인색 장치마를 입은 그녀의 모습은 동화책에서 나온 듯 아름다웠다.

윤이 가게 안으로 발을 들였다.

"오늘 약속, 잊지 않았죠?"

윤이 물었다.

오늘은 2년 만에 태훈이 노르웨이에 방문하는 날이었다. 사업장과 대부업을 정리한 후 서혁은 태훈에게 죽을 때까지 먹고 살 돈을 정산해 주었다. 태훈은 그 돈으로 다시 대부업을 시작했다고 했다.

2주 전, 그는 사업이 안정화될 때까지 발이 묶여 있었다며, 이젠 시간이 되니 노르웨이에 방문하겠다는 연락을 해왔다.

서혁은 가게를 일찍 정리했다. 윤은 그 모습을 몇 걸음 떨어진 곳에서 지켜보았다.

노르웨이에 터전을 잡은 것은 충동적이었다. 당시 서혁은 캐나다를, 윤은 무작정 미국을 생각했다. 그러다 노르웨이로 결정하게 된 것은 함께 노르웨이 다큐멘터리를 보면서였다.

"저기서 살면 행복할 것 같아요."

윤의 그 한마디에 서혁은 다음 날 노르웨이에 관련된 책자를 한가득 가져다주었다. 노르웨이의 기후, 인구, 위치 등이 상세히 기록되어 있었다.

원하는 도시를 정하면 그곳에서 살겠다고 했고 윤은 고민 끝에 항구 도시인 베르겐을 택했다. 베르겐에서도 외곽에 자리한 곳에 전원주택을 지었다. 책방은 집에서 도보로 5분 정도 떨어진 곳에 열었다.

따스한 햇살이 내려오는 것과 달리 부는 바람은 차가웠다. 두꺼운 니트를 입었으나 제법 쌀쌀한 바람이 파고들었다.

어깨를 웅크리던 윤은 자신을 끌어당기는 힘에 고개를 들었다. 서혁이 팔을 둘러 자신을 감싸고 있었다. 윤은 피식 웃으며 그에게 반쯤 안기다시피 걸었다.

불편한 자세가 분명한데 평온했다. 두꺼운 니트를 통과해 들어오는 온기가, 자신의 어깨를 꽉 붙든 손길이 따뜻했다.

시장으로 내려가자마자 서혁은 곧장 옷집에 들러 하얀 니트에 맞는 외투를 골랐다. 윤이 괜찮다며 고개를 절레절레 흔들었으나, 그는 고집스럽게 계산을 하더니 윤의 어깨에 둘렀다.

"입어."

결국 윤이 항복을 선언하며 외투를 입었다. 확실히 따뜻했다. 윤은 한결 편안한 얼굴로 시장 안을 천천히 둘러보았다.

"태훈 씨는 뭘 좋아해요?"

윤이 과일을 몇 개 담으며 물었다.

"글쎄. 가리지 않고 먹을 거야."

그의 대답에 윤은 고개를 끄덕이더니 '그럼 스테이크를 해 주면 되겠네요'라고 대답했다.

「왔어요?」

자주 보는 정육점 여주인이 웃으며 윤에게 말을 건넸다.

「안녕하세요.」

윤의 인사에 백인의 여주인이 환하게 웃었다.

「인형같이 생긴 동양인이 왔네.」

뒤이어 나온 남주인이 한마디 거들었다. 윤은 빙긋 웃었다.

시장에 종종 나오는 윤은 사람들에게 먼저 인사를 건네며 안부를 물었다.

처음에 그녀를 경계하던 시장 상인들은 어느새 먼저 윤에게 인사를 건네며 말을 걸고 있었다. 윤과 서혁을 모르는 시장 상인이 없을 정도였다.

윤은 스테이크용 고기를 넉넉하게 5인분 구매했다. 장을 보는 데는 얼마 걸리지 않았다.

서혁은 장 본 것들을 한 손에 쥐고, 남은 손으로 윤의 손을 거머쥐었다. 윤이 자연스럽게 서혁의 손을 맞잡았다.

깨끗하게 정돈된 거리를 걸으며 윤은 싱긋 웃었다.

노르웨이에 온 지 이틀이 지난 날, 산책 삼아 이 길을 걸으며 처음으로 서혁은 윤의 손을 잡았다.

손가락 사이로 물이 흐르듯 흘러내려 오던 손가락의 감각과, 이내 힘주어 움켜쥐던 따뜻함을 윤은 아직도 잊지 못했다.

야트막한 언덕을 올라가 노을이 지던 날 나눴던 키스도, 부는 바람에 휘청거리는 자신을 잡으며 끌어안던 단단한 팔도.

노르웨이 길목 이곳저곳에 그들의 추억이 가득했다.

눈을 감아도, 눈을 떠도 꿈을 꾸는 것처럼 사랑스러운 순간들이었다.

＊　　　　＊　　　　＊

커다란 부엌에서 두 사람이 움직이고 있었다.

손님 자격으로 식탁에 앉아 있는 태훈은 조금 놀란 얼굴로 서혁의 뒷모습을 바라보았다.

소리 없는 걸음이나 차분한 시선 같은 것들은 이전과 다를 바 없었다. 다른 것이 있다면 부엌을 오가는 그의 움직임이 자연스럽다는 것과, 고기를 손질하는 손길이 익숙하다는 것.

가정적이라는 말과 서혁을 단 한 번도 연결시켜 본 적이 없는데, 실상을 목격하니 놀랍기만 했다. 물론 칼을 다루는 솜씨만큼은 여전히 화려했다.

"스테이크 좋아하세요?"

윤이 태훈을 보며 물었다. 이전보다 살이 오른 그녀의 얼굴은 행복이 가득했다.

"네, 좋아합니다."

"조금만 기다리세요."

얼마 후, 세 사람이 둘러앉아도 넉넉할 만큼 커다란 식탁

이 금세 가득 찼다.

호밀빵, 스테이크, 감자튀김, 샐러드, 와인, 위스키, 윤이 마실 음료수까지. 자주 해 본 것처럼 두 사람의 호흡은 척척 맞아떨어졌다.

"오는 데 힘들었겠어."

서혁이 말을 건넸다.

"오랜만의 휴가라 기분 좋게 왔습니다."

"요즘 하는 일은?"

서혁이 그에게 와인이 담긴 잔을 내밀며 물었다.

"형님 밑에 있었을 때가 편했습니다."

태훈의 대답에 서혁은 말없이 웃었다.

"다시 돌아오라고 하면 싫어하시겠죠?"

"널 다시 한국으로 돌려보내겠지."

"아직도 형님을 그리워하는 사람이 많습니다."

"잊어버리라고 해."

서혁은 부드럽게, 그러나 단호하게 대답했다. 그러면서 언제 본 건지 손을 뻗어 윤의 입가에 묻은 빵 부스러기를 떼어 내 제 입에 넣었다.

태훈의 표정이 기묘해졌다.

"많이 달라지셨네요."

"이제 사람 같아진 거지. 왜? 실망했어?"

서혁이 픽 웃더니 태훈을 보며 물었다.

"반반입니다. 이전의 형님이 아닌 것 같아 낯설기도 하면서, 한편으로는 다행이라는 생각이 드네요."

태훈이 서혁을 물끄러미 바라보았다. 조폭의 세계로 끌려 들어오지 않았더라면, 처음부터 이렇게 살았을 사람이다.

여유롭고 느긋하게 시간이 흐르는 것을 즐기며, 이따금씩 사랑하는 사람의 눈을 마주 보며 미소 짓고, 그녀가 흘린 것들을 아무렇지 않게 정리해 주면서 그렇게.

건조하고, 잔인하며, 이따금씩 무서운 본색을 드러내지만 기본적으로 그는 자신의 사람에게 정이 많았다. 그렇지 않고서야 죽을 걸 각오하고 다른 조직원들에게 납치된 자신을 구하러 홀로 오진 않았을 거다.

식사가 끝나는 시각까지 서혁은 한국의 상황에 대해 묻지 않았다.

태수가 어떻게 되었는지, 이후의 조직이 어떻게 와해되었는지 궁금해하지 않았다. 알고 싶어 하지 않았다.

태훈 또한 그 사실을 입에 올리지 않았다. 그는 '리'라는 이름으로 신분 세탁을 할 만큼 과거를 버리고 싶어 했다. 그만큼 지금이 행복하다는 것을 뜻하기도 했다.

서혁이 설거지하는 동안 윤과 태훈이 테이블에 남았다.

"자고 가세요."

"아닙니다. 오늘 밤 비행기로 돌아갈 예정입니다."

"이렇게 빨리요? 온 김에 구경도 하고 내일 아침에 책방도 가 보고 가죠."

윤이 아쉬운 눈길로 말했다.

"이것도 힘들게 뺀 시간이라서요."

서혁을 보기 위해 무리해서 잡은 일정이었다. 사실 그에게 사업적인 고민을 털어놓고 조언을 구할 생각으로 방문한 것이었다.

그러나 태훈은 묻지 않았다. 그 이야기를 하기 위해서, 서혁은 기억 속에서 피로 얼룩덜룩해진 과거를 끄집어내야 했다.

그는 온몸으로 자신의 과거를 외면하고 있는 중이었다. 굳이 그런 사람을 힘들게 하고 싶지 않았다.

한때, 그리고 지금도 자신이 존경하는 사람이었으니까.

"여기, 선물입니다."

태훈이 바닥에 내려놓았던 종이 가방을 내밀었다.

"뭐예요?"

"임신 소식 들었습니다. 12주라면서요. 준비하긴 했는데 이렇게 선물하는 게 맞는지 모르겠군요."

태훈이 조금은 난처한 표정을 지었다. 윤이 빙긋 웃었다. 조직에 몸담은 남자가 임산부에 대해 알 리가 없다. 더군다나 태훈도 가정을 이루지 않고 있었다.

윤은 종이 가방을 열었다. 자그마한 아기 신발부터 각종 장난감, 손수건들이 가득 들어 있었다.

"와, 감사합니다. 이렇게 선물을 많이 받아서 어떻게 해요? 전 드릴 게 없는데."

"괜찮습니다. 어차피 형님 덕분에 먹고 사는 걸요. 내일이면 한식 재료들이 배달될 겁니다. 한식이 드시고 싶을 때 드십시오."

고추장을 비롯해 각종 장류, 보관 기간이 긴 재료들을 잔뜩 실었다.

"고맙습니다."

윤이 함박웃음을 지으며 말했다. 그녀의 얼굴에 평온이 가득했다.

얼마 후, 세 사람은 차를 마셨다. 윤이 직접 구운 쿠키와, 천연 허브를 직접 말려 만든 차를 마시며 이야기를 나누었을 뿐인데 시간이 훌쩍 흘렀다.

태훈이 자리에서 일어났다.

"저는 이만 가 보겠습니다."

"잠깐만요."

윤이 잠시 부엌에 들어가더니 자그마한 종이 가방을 가지고 나왔다.

"이거 가져가세요."

태훈이 이게 뭐냐는 표정으로 쳐다보았다.

"아까 먹은 쿠키랑 허브티예요. 스트레스 해소에 좋대요. 무리해서 일하지 말고, 다음엔 예쁜 아가씨랑 오세요."

윤이 태훈의 손에 종이 가방을 쥐어 주었다. 잠깐 스친 손 끝이 따뜻했다. 태훈은 윤을 물끄러미 바라보았다.

오늘 와서 느낀 거지만 윤은 정이 많고 따뜻한 여자였다. 서혁을 데울 수 있을 만큼. 그가 왜 윤을 사랑하는지 조금 알 듯했다.

"감사히 잘 먹겠습니다."

단걸 먹지 않는 태훈이지만, 그녀가 내민 종이 가방만큼은 거절할 수 없었다.

문을 넘어가던 태훈이 잠시 멈칫하며 돌아섰다. 나란히 서 있는 윤과 서혁을 바라보았다. 잠시 입술을 달싹이던 태훈이 말했다.

"행복하십시오. 지금처럼."

한참 만에 태훈이 말했다.

이제 그가 이곳을 오긴 힘들다. 신분을 세탁한 서혁 또한 한국으로 돌아갈 일이 없을 거다. 연락은 가끔 하겠지만, 얼굴을 마주하긴 점차 힘들어질 거다.

말하지 않아도 그들은 서로 그런 사실을 알고 있었다. 이

상황에서 태훈이 꺼낸 진심에 서혁은 편안하게 웃으며 답했다.

"너도."

태훈이 골목 아래로 사라지는 모습을 서혁과 윤은 오래도록 지켜보았다.

※　　　※　　　※

태훈이 떠난 후, 서혁과 윤은 집을 정리했다. 함께 샤워를 한 후, 서로의 젖은 머리를 말려 주었다. 손가락 사이를 스치던 차가운 머리카락이 보송보송해지자, 윤은 거울에 비친 서혁을 보며 환하게 웃었다.

보는 것만으로 눈부시다. 동시에 가슴이 먹먹해졌다. 이대로 시간이 멈췄으면 하고 바란 적이 한두 번이 아니었다.

자리에서 일어난 서혁이 윤의 이마에 가볍게 입을 맞췄다. 서혁은 윤을 안아 든 채 침대로 향했다. 그런 행동이 익숙한지 윤이 그의 목에 팔을 감았다.

서혁은 윤을 조심스럽게 침대에 눕힌 후 곁에 모로 누워 윤의 손을 감쌌다.

"내일은 주일이니 가게 문을 열지 않겠네요."

윤의 말에 서혁은 응, 하고 답했다.

"오빠."

윤의 부름에 서혁이 눈을 들어 그녀의 얼굴을 바라보았다.

"나랑 도망친 거 후회하지 않아요?"

"왜 그런 질문을 해?"

"오늘 태훈 씨 보니까 불쑥 생각나서요."

"안 해."

"심심하진 않아요?"

"어."

그가 대답하며 손끝으로 윤의 손등을 살짝 두드렸다. 윤은 빙긋 웃으며 다행이에요, 라고 대답했다. 윤은 서혁 쪽으로 몸을 돌려 그의 허리를 끌어안았다.

이 평온을 맞이하기까지 그들은 상상하기 힘든 고생을 했다. 자신들을 아무도 모른다는 안도와 함께 들이닥친 외로움. 더불어 낯선 환경에 적응하면서 과거의 습관을 버리기 위해 애썼다.

작은 소리에 민감하게 반응하던 서혁이 짧게나마 깊은 잠을 이루게 되는 데까지 1년이 걸렸다. 손에 거머쥔 행복을 놓지 않기 위해 애쓰던 중, 더 큰 행복이 생겼다.

"오빠, 우리 여자아이를 낳으면 서윤이라고 지으면 어떨까요? 남자애라면 윤혁."

서로의 이름에서 한 자씩 따서 지은 이름이었다.

"그러자."

서혁이 윤의 머리를 감싸며 그녀의 이마에 입을 맞췄다. 윤은 빙긋 웃으며 서혁의 허리를 조금 더 끌어안았다. 더 끌어안을 공간이 없을 만큼 몸이 밀착한 후에야 두 사람은 잠이 들었다.

✳   ✳   ✳

집 앞에 자리한 자그마한 벤치에 앉아 윤은 고개를 갸웃거렸다. 인적이 드문 곳이라 오가는 사람도 별로 없었다. 아주 호기심 많은 몇몇 관광객이나 지나다닐 정도였다.

"어디 갔지?"

윤이 조금 초조한 표정으로 집 앞을 살폈다. 눈을 떠 보니 그가 없었다. 겁이 덜컥 났다. 서혁이 아무 말 없이 사라진 것은 이번이 처음이었다.

2년 정도 지나 이제 제법 노르웨이어를 익혔다고는 하지만, 경찰서에서 실종된 사람에 관해 진술하기엔 부족한 면이 많았다.

5분만 더 기다렸다가 그가 오지 않으면 실종 신고를 해야겠다고 생각하던 차였다.

"윤."

환하게 쏟아져 내리는 햇살을 받으며 서혁이 나타났다. 윤이 자리에서 벌떡 일어났다.

"오빠."

그의 손에 장바구니가 들려 있었다. 이젠 제법 장바구니 드는 모습이 편안해 보였다.

"시장 봐 온 거예요? 나랑 같이 가죠."

"깊게 잠든 것 같아서."

서혁이 윤의 머리를 끌어당겨 이마에 입을 맞추며 중얼거렸다.

"들어가서 밥 먹자."

윤이 고개를 끄덕였다. 서혁과 함께 부엌으로 향한 윤은 장바구니를 풀었다. 식탁에 장 봐 온 물건을 풀었다.

"태훈 씨한테 연락 왔어요."

"그래?"

서혁이 호밀빵을 썰며 물었다.

"잘 도착했대요."

"빨리 갔군."

"그러게요."

그가 치즈를 썰어 호밀빵 옆에 가져다 놓으며 답했다. 그의 모습이 여유롭고 느긋하다. 하얀 손가락의 움직임이 보기 좋았다.

식탁 위에 호밀빵, 수제 딸기잼, 치즈, 샐러드, 산양유가 담긴 잔을 놓자 그럴싸한 아침이 완성되었다.

윤이 식탁에 앉아 수제 딸기잼과 치즈를 얹은 호밀빵 한 조각을 서혁에게 내밀었다. 자연스럽게 윤이 내민 빵을 받아 든 서혁은 일부분을 뜯어 먹었다.

윤이 호밀빵을 집어 들 때였다. 서혁이 반으로 접힌 호밀빵을 내밀었다. 윤이 웃으며 받아 들었다.

"고마워요."

서혁은 가볍게 어깨를 으쓱거렸다.

식탁 위로 아침 햇살이 스며들었다. 윤은 기분 좋게 한입 베어 물다가 움찔했다. 호밀빵 안에 딸기잼과는 다른 단맛이 느껴졌다.

고개를 든 윤은 미묘한 웃음을 지어 보였다.

"초콜릿?"

윤의 반응에 서혁이 웃었다.

"갑자기 이건 왜요?"

윤이 빙긋 웃으며 물었다. 서혁이 호밀빵을 들어 그 위에 수제 잼을 발랐다.

"오늘 발렌타인데이야. 고백하는 날."

"아……."

윤이 몰랐다는 듯 눈을 동그랗게 떴다. 노르웨이에 온 후

로 시간이 어떻게 흐르는지 잊고 살았다. 그러다 무언가 이
상함을 느낀 윤이 서혁을 쳐다보며 눈을 깜빡였다.

"이제 발렌타인데이의 의미를 알아요?"

"알고 있었어. 예전부터."

서혁은 눈을 내리깐 채 느릿하게 치즈 조각을 빵 조각 위
로 올렸다. 윤의 얼굴이 홧홧해졌다.

매해 발렌타인데이 때면 윤은 그에게 초콜릿을 건넸다. 행
복하길 바란다는 의미라고 속이면서 제 마음을 전했다. 그는
여태껏 알면서 미소를 지으며 초콜릿을 받았다.

서혁이 윤에게 딸기잼과 치즈가 올라간 호밀빵 한 점을
더 내밀며 눈을 맞췄다. 일직선에 시선이 닿자 서혁의 입술
이 느슨하게 늘어났다.

"고백하는 거야."

"……."

"좋아한다고."

조용히 던지는 고백이 가슴에 긴 파동을 남긴다. 윤이 느
릿하게, 그러나 세상에서 가장 환하게 웃었다. 테이블 위에
놓인 비닐에서 초콜릿을 꺼내 입술에 물었다.

"내 고백도 받아 가요."

윤의 말에 서혁이 빙긋 웃으며 고개를 비스듬히 돌렸다.

"기꺼이."

입술이 맞닿았다. 맞닿은 입술 사이에서 초콜릿이 녹아 갔다.

행복을 바라는 마음과 사랑한다는 고백이 달달하게 퍼져 갔다.

— fin

작가 후기

어느 날, 머릿속으로 그림 한 장이 지나갔습니다.

추락하는 천사와, 아래에서 지켜보고 있는 악마. 그리고 그 그림을 물끄러미 바라보고 있는 남자.

이 장면에서부터 이 글은 시작되었습니다. 제 손으로 끌어내릴 순 없어 지켜보고만 있었던 악마가, 비로소 자신의 품으로 떨어지는 천사를 안타까운 듯 바라보지만 결국 본성을 억누르지 못하고 입술은 웃습니다.

악마가 서혁이기도 하지만, 어떤 의미에서는 윤이기도 합니다. 서로가 서로의 품으로 추락하는 천사이자, 서로가 서로를 받아 주는 악마인 셈입니다.

극단적으로 천사와 악마라 표현했지만 달콤하면서도 씁쓸한 사랑의 이중 면을 담고 싶었습니다. 잘 표현되었는지는 모르겠지만, 제 입장에선 꼭 쓰고 싶었던 글을 쓸 수 있게 되어 무척 행복합니다.

이제 하나의 글이 마무리되었으니 또 다른 글을 쓸 준비를 해야겠습니다.

앞으로도 지금처럼 글 쓰는 게 재미있기만 한다면, 더 바랄 게 없겠네요.

이 글을 읽는 독자님들의 행복을 기원하겠습니다.

서혜은(아홉시) 드림.